LOIS, A BRUXA

ELIZABETH GASKELL

LOIS, A BRUXA

ELIZABETH GASKELL

Publicado pela primeira vez em **1859**

TRADUÇÃO
Natalie Gerhardt
Gabriela Araujo
Dandara Morena
Karoline Melo

PROJETO GRÁFICO
Marina Avila

ILUSTRAÇÃO DE CAPA
Caroline Jamhour

PREPARAÇÃO
Karine Ribeiro

REVISÃO
João Rodrigues
Bárbara Parente

1ª edição, 2024

DADOS INTERNACIONAIS DE CATALOGAÇÃO NA PUBLICAÇÃO (CIP)
Eliane de Freitas Leite - Bibliotecária - CRB 8/8415 (CBL)

Gaskell, Elizabeth

Lois, a bruxa / Elizabeth Gaskell ; tradução Karoline Melo, Gabriela Araujo, Natalie Gerhardt. -- São Caetano do Sul, SP : Editora Wish, 2024.

Título original: Lois, the witch

ISBN 978-85-67566-75-7

1. Ficção inglesa I. Título.

24-196102 CDD-823

ÍNDICE PARA CATÁLOGO SISTEMÁTICO
1. Ficção : Literatura inglesa 823

EDITORA WISH
www.editorawish.com.br
Redes Sociais: @editorawish
São Caetano do Sul - SP - Brasil

E, ao consolar
a outra mulher, Lois
se consolava também;
ao fortalecer a outra,
também se fortalecia.

LOIS, A BRUXA

ELIZABETH SHIPPEN GREEN ELLIOTT

PARTE I

No ano de 1691, Lois Barclay pisou em um pequeno píer de madeira, tentando equilibrar-se em terra firme, do mesmo modo que, oito ou nove semanas antes, tentara equilibrar-se no convés do navio oscilante que a levara da Velha Inglaterra para a Nova Inglaterra. Naquele momento parecia tão estranho estar em terra firme quanto tinha sido, não muito tempo antes, ser balançada pelo mar dia e noite; e o aspecto da terra era tão estranho quanto. Ao longe, as florestas em torno, as quais, na verdade, não estavam muito longe das casas de madeira que formavam a cidade de Boston, eram de tons diferentes de verde e também diferiam em forma daquelas que Lois Barclay conhecia bem na antiga casa em Warwickshire. Ela ficou um pouco triste enquanto estava sozinha, esperando pelo capitão do bom navio Redenção, o velho, gentil e rústico marinheiro que era seu único amigo naquele continente desconhecido. Entretanto, como percebera, o capitão Holdernesse estava ocupado, e provavelmente demoraria um tempo antes de ele estar pronto para lhe dar atenção. Então Lois se sentou em um dos barris que estavam por perto, ajustou em volta de si a capa cinza grossa e se abrigou sob o capuz, na medida do possível, contra o vento perfurante, o qual parecia seguir aqueles que ele tinha tratado severamente no mar com um desejo obstinado de continuar atormentando-os em terra. Com muita paciência, Lois ficou sentada ali, embora estivesse cansada e tremendo de frio, pois o dia estava rigoroso para o mês de maio, e o Redenção, com provisões para a sobrevivência e o conforto dos colonistas puritanos da Nova Inglaterra, foi o navio a se aventurar mais cedo pelos mares.

Como Lois poderia evitar pensar no passado, e especular o futuro, enquanto estava sentada no píer em Boston, naquele momento de pausa na vida? Na fraca neblina do mar que ela observava com olhos doloridos (de vez em quando, contra a sua vontade, cheios de lágrimas), surgia a igreja do vilarejo de Barford (a menos de cinco quilômetros de Warwic — ainda era possível vê-la de lá), onde seu pai pregara desde 1661, muito antes de ela nascer. Ele e a mãe dela jaziam mortos no cemitério da igreja de Barford; e a velha igreja cinza-clara não podia surgir à sua frente sem que ela visse também a antiga casa paroquial, o chalé coberto de rosa fétida e jasmins--amarelos, onde ela tinha nascido, filha única de pais que havia muito tempo tinham passado do auge da juventude. Ela via o caminho menor que cem metros, da paróquia até a porta da sacristia: o caminho que seu pai trilhou diariamente, porque a sacristia era seu local de trabalho, e o santuário onde ele se debruçava sobre os pesados tomos dos padres e comparava seus preceitos com aqueles das autoridades da Igreja Anglicana daquela época — a época dos Últimos Stuarts, visto que a casa paroquial de Barford, na época, mal excedia o tamanho e a dignidade dos chalés pelos quais era rodeada: possuía somente três cômodos em um andar, e havia apenas dois andares. No primeiro andar, ou piso térreo, ficavam a sala de visitas, a cozinha e o cômodo feito para lavar e preparar alimentos; no andar de cima, o quarto do sr. e da sra. Barclay, que pertence a Lois, e o quarto da criada. Se houvesse um hóspede, Lois saía do próprio quarto e compartilhava a cama com a velha Clemence. Mas aqueles dias tinham acabado. Nunca mais Lois veria o pai ou a mãe na terra. Eles jaziam, calmos e imóveis, no cemitério da igreja de Barford, sem consciência do que acontecera com a filha órfã em relação a manifestações terrenas de cuidado e amor. E Clemence jazia ali também, amarrada em seu túmulo de grama por ramos de rosa-mosqueta, os quais Lois tinha vergado sobre aqueles três túmulos preciosos antes de deixar a Inglaterra para sempre.

Houve alguém que a teria mantido lá de boa vontade. Alguém que jurou do fundo do coração ao Senhor que a procuraria, mais cedo ou mais tarde, se ela ainda estivesse na terra. Porém esse alguém era o herdeiro rico e único filho do moleiro Lucy, cujo moinho ficava à margem do rio Avon nos campos verdes de Barford. E seu pai desejava mais para ele do que a filha falida de Parson Barclay (*os homens cleros eram tão pouco estimados naquela época!*), e a mera suspeita da afeição de Hugh Lucy a Lois Barclay fez com que seus pais achassem mais prudente não oferecer um lar a órfã, embora nenhum dos paroquianos tivesse condições, mesmo que tivesse vontade de fazer isso.

Então Lois engoliu as lágrimas até que chegasse o momento de chorar, e agiu conforme as palavras da mãe:

— Lois, seu pai morreu por causa dessa febre terrível, e eu estou morrendo. Não, é isso mesmo, embora eu esteja com menos dor nessas poucas horas, louvado seja o Senhor! Os homens cruéis da Commonwealth deixaram-na muito solitária. O único irmão de seu pai foi baleado em Edgehill. Eu também tenho um irmão, embora você nunca tenha me ouvido falar dele, porque era um cismático. Seu pai e eu discutimos com ele, então meu irmão foi embora para esse novo país do outro lado do mar, sem nunca nos dar um adeus. Mas Ralph era um garoto gentil antes de adotar esses conceitos novos. E, pelos velhos tempos, ele vai recebê-la, amá-la como a uma filha e colocar você entre os filhos. O sangue fala mais alto. Escreva para ele assim que eu partir, pois, Lois, eu estou partindo, e que Deus seja abençoado por deixar eu me juntar a meu marido tão cedo.

O amor conjugal era tão egoísta. Ela achava pouca a solidão de Lois comparada ao regozijo do rápido reencontro com o marido morto!

— Escreva para seu tio, Ralph Hickson, Salem, Nova Inglaterra (anote, criança, nos papéis), e diga que eu, Henrietta Barclay, encarrego-o pelo bem de tudo que ele ama no céu ou na terra, pelo bem de sua salvação, assim como por consideração à antiga casa em Lester Bridge, por consideração ao pai e à mãe que nos botaram no mundo, e também por consideração às seis criancinhas que jazem mortas entre nós, que ele a receba em sua casa como se você fosse do sangue dele, como de fato o é. Ele tem esposa e filhos próprios, e ninguém precisa temer ter você, minha Lois, minha querida, meu bebê, na família. Oh, Lois, quisera eu que você estivesse morrendo comigo! Pensar em você torna a morte dolorida!

Lois confortou a mãe mais do que a si mesma, pobre criança, com promessas de obedecer a seus desejos moribundos ao pé da letra e expressando esperanças que ela não ousava sentir em relação à bondade do tio.

— Prometa-me — a respiração da mulher morrendo ficava cada vez mais difícil — que você irá imediatamente. Com o dinheiro das nossas coisas e a carta que seu pai escreveu para o capitão Holdernesse, o velho companheiro de escola dele, você sabe minha opinião, minha Lois, Deus a abençoe!

Lois fez sua promessa solenemente, manteve sua palavra com rigor. Foi tudo mais fácil, porque Hugh

Lucy a encontrou e lhe contou, e houve uma grande explosão de amor de sua afeição apaixonada, de suas brigas violentas com o pai, de sua impotência no momento e de suas esperanças e determinações para o futuro. E, misturado a tudo isso, tiveram extravagantes ameaças e expressões de paixão incontrolável, que Lois sentiu que em Barford não poderia ficar e ser a causa de uma briga desesperada entre pai e filho, e que sua ausência poderia acalmar os ânimos. E, com isso, ou o velho moleiro rico talvez cedesse ou — e seu coração se apertava só de pensar na outra possibilidade — o amor de Hugh poderia esfriar, e seu companheiro de infância aprenderia a esquecer. Senão, se pudesse confiar em um tiquinho do que Hugh disse, Deus permita a ele que realize sua determinação de procurá-la antes que muitos anos se passassem. Estava tudo nas mãos de Deus, e isso era o melhor, pensou Lois Barclay.

Ela foi despertada do transe de memórias pelo capitão Holdernesse, que, depois de ter dado as ordens e instruções necessárias para seu auxiliar, agora foi até ela e, elogiando-a pela paciência tranquila, disse-lhe que a levaria naquele momento para a viúva Smith, um tipo de casa decente, onde ele e vários outros marinheiros com condições melhores tinham o hábito de se hospedar durante a estadia na costa da Nova Inglaterra. A viúva Smith, dissera ele, tinha uma sala de visitas para ela e as filhas na qual Lois podia ficar enquanto ele ia fazer negócios, que, como lhe contara, o prenderiam em Boston por um ou dois dias, antes que ele pudesse acompanhá-la até a casa do tio, em Salem. Tudo aquilo tinha de certo modo sido planejado a bordo do navio, mas o capitão Holdernesse, sem ter nada mais do que pudesse falar, recapitulou tudo, enquanto ele e Lois caminhavam. Era seu modo de demonstrar simpatia por meio da emoção que deixou os olhos cinza dela cheios de lágrimas, quando ela ergueu o olhar do píer com o som da voz dele.

Em sua mente, ele disse: *Pobre menina! Pobre menina! É uma terra estranha para ela, e eles são todos pessoas estranhas, e, acho, ela deve estar se sentindo solitária. Vou tentar animá-la*. Então ele falou de fatos ligados à vida que estava diante dela até que chegassem à viúva Smith. E talvez Lois estivesse mais animada por esse estilo de conversa, e pelas novas ideias que apresentara a ela, do que teria ficado pela simpatia da mulher afetuosa.

— São um grupo excêntrico, esse povo da Nova Inglaterra — disse capitão Holdernesse. — São um grupo incomum com orações. Ajoelham-se a cada momento da vida. As pessoas não ficam nem um pouco muito ocupadas em um novo país, ou então elas teriam que rezar como eu, com um "Yo-ho!" no começo e no fim da reza e com uma corda cortando como faca na mão. Aquele capitão lá nos chamou para agradecer pela boa viagem e pela fuga sortuda dos piratas, mas eu disse que sempre faço meus agradecimentos em terra firme, depois que atraco meu navio no porto. Os colonizadores franceses também estão jurando vingança pela expedição contra o Canadá, e as pessoas aqui estão esbravejando como selvagens, pelo menos da forma como os povos de Deus podem esbravejar pela perda da colônia deles[1]. Tudo isso são as novidades que o capitão me contou, porque tudo que ele mais queria era agradecer a Deus em vez de lançar a corda; ele estava bem triste com o estado do país. Mas aqui estamos na viúva Smith! Agora, anime-se e mostre aos devotos uma sorridente moça bonita de Warwickshire!

Qualquer um teria sorrido com a saudação da viúva Smith. Ela era uma mulher maternal e atraente, vestida com a moda formal em voga vinte anos antes, na Inglaterra, entre a classe a que ela pertencia. Mas, por algum motivo, seu rosto simpático contradizia a roupa, que era tão marrom e de tons sóbrios quanto podia ser; o povo recordava dela brilhante e animadora, porque isso era parte da própria viúva Smith.

Ela beijou ambas as bochechas de Lois antes de compreender ao certo quem era a donzela estranha, só porque ela era uma estranha e parecia triste e desemparada. E então a beijou de novo, porque o capitão Holdernesse entregou-a para os cuidados da viúva. Em seguida, ela conduziu Lois pela mão até sua casa de troncos, substancial e rústica, pela porta que tinha pendurado um grande ramo de árvore, sinalizando hospitalidade para homens e cavalos. Ainda assim, nem todos os homens eram recebidos pela viúva Smith.

1 Referência à Batalha de Quebec (1690). [N. da T.]

Com alguns, ela era muito fria e reservada, insensível a todas as demandas, exceto uma: onde mais ele poderia encontrar acomodação? A essa pergunta, ela dava uma resposta pronta e apressava o hóspede indesejado a seguir seu rumo. A viúva Smith conduzia esses assuntos por instinto: um olhar para o rosto de um homem lhe dizia se ela o escolheria ou não como residente da mesma casa que suas filhas. E sua agilidade na decisão quanto a esses assuntos lhe dava uma atitude meio autoritária à qual ninguém gostava de desobedecer, em especial porque ela tinha vizinhos leais por perto para apoiá-la caso a suposta indiferença, em um primeiro momento, e seu tom e atitude, em um segundo, não fossem o suficiente para dispensar o aspirante a hóspede. A viúva Smith escolhia os clientes meramente por aspecto físico. Nem um tiquinho a ver com as circunstâncias mundanas deles aparentes. Aqueles que tinham se hospedado em sua casa uma vez sempre voltavam, porque ela tinha o talento de fazer todo mundo sob seu teto sentir-se confortável e à vontade. Suas filhas, Prudence e Hester, de algum jeito tinham os dons da mãe, mas não em tamanha perfeição. Elas debatiam um pouco a respeito da aparência de um estranho, em vez de saberem de primeira se gostavam deste ou não. Elas observavam o que suas vestimentas sugeriam, a qualidade e o corte, como indicação de algum modo da condição deles na sociedade. Elas eram mais reservadas, hesitavam mais do que a mãe, não tinham a autoridade ligeira dela, seu alegre poder. O pão delas não era leve; o creme às vezes amolecia quando deveria ter virado manteiga; as geleias nem sempre eram como as do país natal, ao passo que as da mãe eram bem pronunciadas. Ainda assim, eram meninas boas, gentis e metódicas, e assim se levantaram para cumprimentar Lois com um aperto de mão amigável, quando a mãe, com o braço envolto no corpo da estranha, conduziu-a para o cômodo privado que ela chamava de sala de visitas. O aspecto daquele cômodo era estranho aos olhos da menina inglesa. Os troncos que faziam parte da construção da casa apareciam aqui e ali pelo reboco de barro, embora por cima de tal reboco e dos troncos estivessem penduradas peles de vários animais curiosos — peles presenteadas à viúva por vários comerciantes conhecidos seus, assim como os hóspedes marinheiros levavam para ela outra categoria de presentes: conchas, colares de wampum, ovos de aves marinhas e presentes do país natal. O cômodo era mais um museu de história natural dos dias vigentes do que uma sala de visitas; e tinha um odor estranho e peculiar, mas não desagradável, neutralizado em certo ponto pela fumaça que saía do tronco de pinhal fumegante na lareira.

No instante em que a mãe delas lhe contara que o capitão Holdernesse estava na antessala, as garotas começaram a afastar a roda de fiar e as agulhas e a preparar alguma refeição. Qual refeição, Lois, sentada ali e observando involuntariamente, não conseguiria dizer. Primeiro, deixaram massa de bolo para crescer; depois tiraram de um armário de canto, que fora presente de um inglês, uma enorme garrafa francesa quadrada de um licor chamado Gold-Wasser. Em seguida, tiraram o moinho para triturar chocolate — um petisco incomum em qualquer momento. E então um enorme queijo Cheshire. Três bifes de carne de veado foram cortados para assar, com gordura de porco fria fatiada e melado jogados por cima. Uma grande torta, algo como Mince Pie, mas que as filhas chamavam com honra de "torta de abóbora", peixe salgado fresco forrado e ostras cozinhadas de várias maneiras. Lois se perguntou onde acabaria as provisões para receber de forma hospitaleira os estranhos do país natal. Por fim, tudo foi posto na mesa, com a comida quente saindo fumaça, porém ficou fria, para não dizer que gelou, antes do presbítero Hawkins (um velho vizinho de grande reputação e posição social, que tinha sido convidado pela viúva Smith para contar as notícias) terminar a oração, na qual estavam incluídos os agradecimentos pelo passado, as orações pelo futuro, pela vida de cada indivíduo presente e adaptações aos diversos problemas de cada um, até onde o velho conseguia presumir pela aparência. Essa oração podia ter durado mais tempo do que durou, se não fosse pelo tamborilar um tanto impaciente do cabo da faca na mesa, com a qual o capitão Holdernesse acompanhou a última metade das palavras do mais velho.

Quando primeiro se sentaram para a refeição, estavam todos com muita fome para que conversassem muito, mas, conforme o apetite diminuía, a curiosidade deles aumentava, e havia bastante coisa para ser dita e ouvida dos dois lados. De todas as informações inglesas,

Lois estava, claro, informada, mas escutou com atenção natural a tudo que era dito sobre o novo país e sobre as novas pessoas entre as quais viveria. Seu pai tinha sido um jacobita, como os seguidores dos Stuarts estavam começando a ser chamados naquela época. O pai dele, de novo, fora apoiador do Arcebispo Laud, então até aquele momento Lois ouvira pouco da conversa, e vira pouco dos modos dos puritanos. O presbítero Hawkins era o mais rígido dos rígidos, e sua presença evidentemente deixava as duas filhas da casa em estado de admiração de modo considerável. Entretanto, a própria viúva era uma pessoa privilegiada. Seu conhecido coração bondoso (cujos efeitos foram vivenciados por muitos) lhe dava a liberdade de discurso que era tacitamente negada a muitos, sob a penalidade de serem estimados hereges se infringissem certos limites convencionais. E o capitão Holdernesse e seu auxiliar davam opiniões, não importava quem estivesse presente. Então com isso, naquela primeira parada na Nova Inglaterra, Lois, de um modo, foi gentilmente posta no meio das peculiaridades dos puritanos. E, mais uma vez, elas foram suficientes para fazê-la se sentir muito sozinha e estrangeira.

O primeiro tema da conversa foi o estado atual da colônia, Lois logo descobriu. Embora no começo estivesse muito confusa pela frequente referência a nomes de lugares que ela associava com naturalidade ao velho país.

— No condado de Essex — dizia a viúva Smith —, ordenaram ao povo que mantivesse quatro patrulheiros, ou companhias de milicianos. Seis pessoas em cada companhia para tomar conta dos índios selvagens, que estão sempre se movendo pela mata, como os brutos furtivos que são! Tenho certeza de que, por ter me assustado tanto na primeira colheita após chegar à Nova Inglaterra, fico sonhando, agora quase vinte anos depois dos negócios de Lothrop, com índios pintados, com os escalpos raspados e listras de guerras, espreitando-se atrás das árvores e se aproximando mais e mais com seus passos silenciosos.

— Sim — concordou uma das filhas. — E, mãe, a senhora lembra que Hannah Benson nos contou como o marido dela cortara até o toco cada árvore perto da casa dele em Deerbrook, para que ninguém se aproximasse sem ser visto. E que, uma noite, ela estava sentada ao crepúsculo quando toda a família tinha ido dormir, e seu marido tinha ido a Plymouth a negócios, e ela avistou uma peça de madeira, bem como o tronco de uma árvore cortada, caído na sombra, e achou que não fosse nada, até que, olhando de novo um tempo depois, ela supôs que estava se aproximando da casa. O coração dela acelerou de medo, e de primeira ela não ousou se mexer, mas fechou os olhos enquanto contava até cem, então olhou de novo, e a sombra estava mais escura, mas ela conseguia ver que a madeira estava mais perto. Então ela correu, trancou a porta e subiu para onde o filho mais velho dormia. Era Elijah, ele tinha dezesseis anos na época, mas se levantou com as palavras da mãe, levou a espingarda para baixo, testou o carregamento, falou pela primeira vez para fazer uma oração pedindo a Deus que guiasse bem sua mira, foi até a janela que dava para o lado em que estava a madeira e atirou. Ninguém se atreveu a olhar o que aconteceu, mas toda a casa leu As Sagradas Escrituras e rezou a noite toda. Até que a manhã chegou e exibiu um longo fio de sangue na grama perto da madeira, e o que a luz do sol plena mostrou não se tratava de um tronco, e sim de um índio de pele vermelha coberto de casca de árvore e pintado habilidosamente, com a faca de guerra ao lado.

Todos estavam tensos ouvindo, embora com a maior parte da história, ou outras como ela, tivessem familiaridade. Então outra pessoa deu continuidade aos contos de terror:

— E, desde que o senhor esteve aqui, os piratas estiveram em Marblehead, capitão Holdernesse. Foi apenas no último inverno que eles chegaram, piratas franceses papistas. E as pessoas não saíram de perto de suas casas, pois sabiam o que aconteceria. Eles arrastaram pessoas para a praia. Havia uma mulher nesse grupo, sem dúvida eram prisioneiros de algum barco, e os piratas os levaram à força para o pântano interior. O povo de Marblehead continuou imóvel e quieto, cada arma carregada, e cada ouvido atento, porque quem iria saber o que os ladrões vindos de mares selvagens poderiam fazer a seguir em terra firme? E, na calada da noite, ouviram o grito alto e piedoso de uma mulher no pântano.

"— Senhor Jesus! Tenha piedade de mim! Me salve do poder do homem, oh, senhor Jesus!

"O sangue de todos que ouviram congelou em terror. Até que a velha Nance Hickson, que fora cega e acamada por anos, levantou-se no meio do povo todo reunido na casa do neto e disse que, como eles, os residentes de Marblehead, não tinham tido coragem ou fé suficientes para ir socorrer os desemparados, o grito da mulher moribunda deveria ficar no ouvido deles, e no ouvido dos filhos deles, até o fim do mundo. Então Nance caiu morta assim que terminou o discurso, e os piratas saíram a navio de Marblehead no amanhecer. Porém o povo de lá ainda ouve o grito, estridente e piedoso, na região pantanosa. 'Senhor Jesus! Tenha piedade de mim! Me salve do poder do homem, oh, senhor Jesus!'"

— E, pela mesma razão — acrescentou o presbítero Hawkins, com a voz grave profunda, falando com o tom nasal forte dos puritanos —, o devoto sr. Noyes decretou um jejum em Marblehead e pregou um sermão de palavras comoventes: "quando o fizestes ao menor destes, meus irmãos, a mim o fizestes[2]". Mas penso de vez em quando se a total visão dos piratas e o grito da mulher não foram um artifício de Satã para separar o povo de Marblehead, e ver que fruto a doutrina deles produz, e então condená-los à vista do Senhor. Se for isso, o inimigo teve um grande triunfo, pois sem dúvida não faz parte do homem cristão deixar uma mulher desamparada em seu sofrimento.

2 Matheus, 25:40. [N. da T.]

— Mas, presbítero — disse a viúva Smith —, não foi uma visão. Os homens que saíram do mar eram reais, homens que quebraram galhos e deixaram pegadas no chão.

— Quanto a isso, Satã tem muitos poderes e, se chegar o dia em que permitirem que ele saia por aí como um leão rugido, ele não ficará com ninharias, e sim fará um trabalho completo. Escute-me, muitos homens são inimigos espirituais em formas visíveis, com permissão para vagar pelos lugares devastados da terra. Eu mesmo acredito que os índios de pele vermelha são de fato as criaturas cruéis sobre as quais lemos na Sagrada Escritura. E não há dúvida de que eles têm ligação com aqueles papistas abomináveis, os franceses do Canadá. Ouvi boatos de que os franceses pagam muito ouro aos índios por cada dúzia de escalpos de cabeça de homens ingleses.

— Que conversa animada essa! — comentou o capitão Holdernesse a Lois, percebendo a bochecha pálida e o aspecto apavorado dela. — A senhorita está pensando que era melhor ter ficado em Barford, e eu assumo a responsabilidade disso, menina. Mas o diabo não é tão ruim quanto se pinta.

— Ah! Eis de novo! — exclamou o presbítero Hawkins. — O diabo é pintado, e é dito isso desde os velhos tempos. E não são esses indíos pintados, até mesmo o criador deles?

— Mas é tudo verdade? — indagou Lois, de lado, ao capitão Holdernesse, ignorando a divagação do presbítero, embora este fosse ouvido com a maior reverência pelas duas filhas da casa.

— Minha menina — respondeu o velho marinheiro —, a senhorita nunca foi para um país onde há tantos perigos, em terra e no mar. Os índios odeiam os homens brancos. Se é porque os outros homens brancos (ou seja, os franceses no norte) confinaram os selvagens, ou se é porque os ingleses tomaram suas terras e territórios de caças sem a devida recompensa, e então criando a vingança cruel das criaturas selvagens, quem é que sabe? Porém é verdade que não é seguro entrar muito fundo na mata, por receio dos selvagens pintados à espreita. Nem tem sido seguro construir uma casa muito longe de um povoado. É preciso grande coragem para fazer a jornada de uma cidade para outra. E as pessoas de fato dizem que as criaturas indígenas irrompem de dentro da terra para emboscar os ingleses! E então outros afirmam que todos eles estão mancomunados com Satã para amedrontar os cristãos para fora do país pagão, sobre o qual ele reinou por tanto tempo. Por outro lado, a orla está infestada de piratas, a escória de todas as nações: eles atracam, pilham, devastam, incendeiam e destroem. O povo fica assustado com os perigos reais, e em sua imaginação assustada, talvez, não sejam perigos. Mas quem sabe? As Escrituras Sagradas falam de bruxas e feiticeiros, e do poder do Mal nos lugares desertos. E, até mesmo no velho país, nós ouvimos falar daqueles que venderam a alma para sempre em troca de um pouco de poder que podem ter por alguns anos na terra.

Àquela altura, toda a mesa estava silenciosa, ouvindo o capitão. Foi apenas um daqueles silêncios casuais que acontecem às vezes, sem motivo aparente, e com frequência sem consequência aparente. Porém, todos os presentes tiveram seus motivos, antes que muitos meses tivessem se passado, para se recordarem das palavras que Lois usou como resposta, embora sua voz estivesse baixa, e ela só quisesse, no interesse do momento, ser ouvida por seu velho amigo capitão.

— São criaturas temerosas, as bruxas! E ainda assim tenho piedade das pobres velhas mulheres, mesmo enquanto as temo. Tivemos uma em Barford, quando eu era pequenininha. Ninguém sabia de onde ela vinha, mas ela se acomodou em uma cabana de lama em um terreno baldio. E ali viveu, ela e seu gato.

(Com a menção do gato, o presbítero Hawkins sacudiu a cabeça sombriamente.)

— Ninguém sabia como ela vivia, se era com urtigas e restos de farinha de aveia e comidas parecidas, dadas a ela mais por medo do que por pena. E ela exagerava, sempre falando e murmurando consigo mesma. As pessoas diziam que ela capturava pássaros e coelhos na mata que ficava acima de sua cabana. Como ela faleceu, eu não sei, mas muitas pessoas ficaram doentes no vilarejo, e muito gado morreu em uma primavera, quando eu tinha quase quatro anos. Nunca escutei muito sobre isso, porque meu pai dizia que era rude falar dessas coisas. Só sei que me assustei muito uma tarde, quando a criada saíra para buscar leite e me levara junto; nós estávamos passando pelo campo onde o Avon, circulando, cria uma piscina redonda profunda, e havia uma multidão de pessoas, todas elas imóveis. E uma multidão imóvel e tensa acelera mais o coração do que uma barulhenta e gritante. Estavam todas olhando para a água e, portanto, a criada me pegou no colo para ver por cima dos ombros das pessoas. E avistei a velha Hannah na água, o cabelo grisalho inteiro descendo pelos ombros, seu rosto sangrento e preto por causa das pedras e da lama que estiveram jogando nela, seu gato amarrado ao redor do pescoço. Escondi meu rosto, eu sei, assim que vi a imagem apavorante, pois os olhos dela se encontraram com os meus enquanto brilhavam furiosos — *a pobre criatura indefesa era uma atração*! —, e ela me avistou e gritou: "Menina dos Parson, menina dos Parson, ali, nos braços da babá, seu pai nunca se esforçara para me salvar. E ninguém vai salvar você, quando for acusada de bruxaria". Ah! Por anos depois disso, as palavras zumbiam em meus ouvidos quando eu ia dormir. Eu costumava sonhar que estava sozinha naquela poça, que todos os homens me odiavam pelos olhares porque eu era uma bruxa. E, às vezes, o gato preto dela costumava ser visto vivo de novo e repetindo aquelas palavras temerosas.

Lois parou: as duas filhas olhavam para a comoção dela com uma certa surpresa retraída, pois havia lágrimas em seus olhos. O presbítero Hawkins sacudiu a cabeça e murmurou textos da Escritura, porém a animada viúva Smith, não gostando do rumo sombrio da conversa, tentou dar um aspecto mais leve, dizendo:

— E eu não duvido que a bonita menina dos Parsons tenha sido amaldiçoada muitas vezes desde então, com essas covinhas e os modos agradáveis, não é, capitão Holdernesse? É o senhor quem deve nos contar histórias da conduta da jovem na Inglaterra.

— Sim, sim — respondeu o capitão. — Tem um rapaz sob o encanto dela em Warwickshire que nunca vai superá-la, eu acho.

O presbítero Hawkins se levantou para falar. Ele se ergueu apoiando-se nas mãos, que estavam sobre a mesa.

— Irmãos — começou ele. — Devo censurá-los se falarem sem seriedade. Encantos e bruxaria são coisas ruins. Acredito que essa senhorita não tenha nada a ver com eles, mesmo em pensamento. Mas minha mente se preocupa com sua história. A diabólica bruxa pode ter poder de Satã para, mesmo ela ainda sendo criança, infectar sua mente com o pecado mortal. Em vez de conversa fútil, convoco todos vocês a se juntarem a mim em oração por essa estranha em nossa terra, que o coração dela seja purificado de toda maldade. Oremos.

— Vamos lá, não há mal nisso — rebateu o capitão —, mas, presbítero Hawkins, quando estiver no trabalho, ore por todos nós. Pois receio que alguns de nós podem estar precisando de purificação bem mais do que Lois Barclay, e uma oração por um homem nunca faz mal.

O capitão Holdernesse tinha negócios em Boston que o detinham por lá durante uns dois dias. E, nesse tempo, Lois permaneceu com a viúva Smith, vendo o que tinha para ser visto na nova terra que abrigava sua futura casa. Enquanto isso, a carta da mãe moribunda foi enviada para Salem, através de um menino que ia até lá, a fim de preparar tio Ralph Hickson para que a sobrinha chegasse assim que o capitão Holdernesse encontrasse tempo livre para levá-la. Pois ele considerava que ela tinha sido deixada sob sua supervisão, até que pudesse entregá-la aos cuidados do tio. Quando chegou a hora de ir para Salem, Lois ficou muito triste por deixar a mulher gentil sob cujo teto tinha ficado, e ficou olhando para trás, tentando ver alguma coisa da residência da viúva Smith, durante o tempo que pôde. Ela estava empacotada em uma espécie rústica de carruagem do interior, a qual só carregava a ela e o capitão Holdernesse, além do condutor. Havia uma cesta de provisões sob seus pés e, atrás deles, tinha uma sacola de alimento pendurada para o cavalo. Visto que a jornada a Salem levava um dia, e a estrada tinha reputação de ser tão perigosa que era censurável demorar um minuto a mais do que o necessário para descanso. As estradas inglesas eram ruins o bastante naquele período, e continuaram a ser por muito tempo depois disso; mas, na América, o caminho era simplesmente o terreno desobstruído da floresta — os tocos de árvores caídas ainda permaneciam na linha direta, formando obstáculos que exigiam uma condução muito cuidadosa para evitá-los. E, nos vales, onde o terreno era pantanoso, a pastosa natureza era evitada através de troncos de madeira jogados pela parte lamacenta. A floresta verde e escura, entrelaçada em profunda escuridão mesmo que ainda estivessem no início do ano, invadia alguns metros da estrada por todo o caminho, embora os habitantes da vizinhança se esforçassem regularmente para manter um determinado espaço limpo em cada lado, devido ao medo dos índios à espreita, que, sem isso, pode pegá-los desprevenidos. Os cantos altos de pássaros estranhos, a cor inusitada de alguns deles, tudo isso sugeria ao viajante criativo ou desacostumado uma visão de gritos de guerra e inimigos mortais pintados. No entanto, por fim eles se aproximaram de Salem, que naquela época rivalizava em tamanho com Boston, e possuía orgulhosamente uma ou duas ruas, mesmo que, aos olhos de um inglês, elas parecessem mais como casas construídas irregularmente, agrupadas ao redor da casa de oração, ou melhor, de uma das casas de orações, pois havia uma segunda em construção. O lugar inteiro era rodeado por duas cercas circulares, entre elas havia os jardins e a terra de pastagem para aqueles que receavam deixar o gado se perder na mata e o perigo consequente de reclamá-los.

O garoto que os conduzia chicoteou o cavalo gasto a trote, conforme eles passavam por Salem até a casa de Ralph Hickson. Era noite, a hora de lazer para os habitantes, e seus filhos brincavam diante das casas. Lois ficou abalada pela beleza de uma criancinha dando passos vacilantes, e se virou para olhá-la. A criança prendeu o pezinho em um toco de madeira e caiu com um choro que chamou a atenção da mãe, assustada. Conforme ela corria para fora, seus olhos encontraram o olhar ansioso de Lois, embora o barulho das rodas pesadas abafasse o som das suas palavras inquisitivas sobre a natureza do machucado que a criança recebera. Lois nem teve tempo de refletir acerca do assunto, porque, no instante seguinte, o cavalo parou na porta de uma casa de madeira padrão básica e boa, pintada de um branco cremoso, talvez tão bonita quanto qualquer casa em Salem. E ali o condutor lhe disse que Ralph Hickson vivia. Na empolgação do momento, ela não percebeu que, ao som inusitado de rodas, ninguém saiu para recebê-la e lhe dar as boas-vindas, mas o capitão Holdernesse, sim. Ela foi tirada da carruagem pelo velho marinheiro e levada para um grande cômodo, quase do tamanho de um salão de alguma casa-grande inglesa. Um jovem alto e magro de vinte e três ou vinte e quatro anos estava sentado em um banco perto da janela, lendo um grande fólio sob a luz fraca do dia. Ele não se levantou quando eles entraram, mas os olhou com surpresa, sem o brilho de reconhecimento no rosto escuro e longo. Não havia nenhuma mulher na casa. O capitão Holdernesse parou por um instante e disse:

— Essa é a casa de Ralph Hickson?

— É — respondeu o jovem, com uma voz grave e lenta. Mas não acrescentou mais nada.

— Essa é a sobrinha dele, Lois Barclay — informou o capitão, pegando o braço da moça e a conduzindo para a frente.

O jovem a encarou, sério, sem parar por um minuto; então levantou-se e, marcando a página do fólio com cuidado, o qual tinha até aquele momento posto aberto sobre o joelho, disse ainda com o mesmo tom indiferente e grave:

— Vou chamar a minha mãe, ela vai saber.

Ele abriu uma porta que dava em uma cozinha quente e luminosa, avermelhada pela luz do calor, na qual três mulheres aparentemente estavam engajadas em cozinhar algo, enquanto uma quarta mulher indígena velha, de cor marrom-esverdeada, murcha e encurvada pela idade avançada, movia-se para lá e para cá, evidentemente buscando os objetos de que as outras precisavam.

— Mãe — chamou o jovem.

E, tendo segurado a atenção dela, apontou por sobre o ombro para os recém-chegados estranhos e retornou ao estudo do livro; de tempos em tempos, entretanto, examinava furtivamente Lois sob as sobrancelhas desalinhadas escuras.

Uma mulher alta, com o corpo grande e já passada da meia-idade saiu da cozinha e parou, inspecionando os estranhos.

— Essa é Lois Barclay, sobrinha do senhor Ralph Hickson — falou o capitão Holdernesse.

— Não a conheço — respondeu a senhora da casa, em uma voz grave, quase tão masculina quanto a do filho.

— O senhor Hickson recebeu a carta do irmão, não recebeu? Eu mesmo a enviei por um garoto chamado Elias Wellcome, que saiu de Boston para cá ontem de manhã.

— Ralph Hickson não recebeu carta nenhuma. Ele jaz acamado no quarto além. Qualquer carta para ele precisa passar por minhas mãos, portanto posso afirmar com segurança que nenhuma carta foi entregue aqui. Sua irmã Barclay, que era Henrietta Hickson, cujo marido prestou juramento a Charles Stuart, ficou e apoiou o meio de vida dele, enquanto todos os homens devotos abandonaram seus…

Lois, que um minuto antes pensara que seu coração estava morto, com a recepção indelicada que recebera, sentiu as palavras surgirem na boca com o insulto implícito ao pai, e falou, para seu próprio espanto e o do capitão:

— Eles podem ter sido homens devotos que abandonaram suas igrejas no dia do qual a senhora fala, madame, mas eles não são os únicos homens devotos, e ninguém tem o direito de limitar a verdadeira devoção com mera opinião pública.

— Muito bem, moça — elogiou o capitão, olhando-a com uma espécie de admiração maravilhada e dando-lhe tapinhas nas costas.

Lois e a tia se encararam, resolutas, por um minuto ou dois em silêncio, porém a garota sentia sua cor se esvair e voltar, enquanto a da mulher mais velha nunca se alterava. E os olhos da jovem senhorita estavam se enchendo de lágrimas, ao passo que os de Grace Hickson continuavam encarando, secos e firmes.

— Mãe — disse o jovem, levantando-se com um movimento muito veloz que qualquer um ali naquela casa ainda não tinha usado —, é feio falar de tais assuntos na primeira vez que minha prima vem a nós. O senhor pode dar seu perdão no futuro, mas ela viajara da cidade de Boston hoje, e ela e esse marinheiro do mar devem precisar de comida e descanso.

Ele não esperou para ver o efeito de suas palavras, sentou-se de novo, e em um instante pareceu ficar absorto no livro. Talvez soubesse que sua palavra era lei para a mãe sombria, pois mal ele tinha parado de falar quando ela apontara para um banco comprido de madeira, alisando as linhas de seu semblante, e disse:

— O que Manasseh diz é verdade. Sentem-se aqui, enquanto ordeno a Faith e Nattee para aprontarem a comida. Enquanto isso, vou dizer ao meu marido que aquela que se diz filha da irmã dele veio lhe fazer uma visita.

Ela foi até a porta que levava à cozinha e deu algumas ordens à garota mais velha, que naquele momento Lois sabia ser a filha da casa. Faith ficou impassiva, enquanto a mãe falava, raramente se preocupando em olhar para os recém-chegados estranhos. Ela tinha o aspecto do irmão Manasseh, porém tinha características mais bonitas e olhos grandes misteriosos, com os quais avistou Lois quando uma vez os ergueu e observou, por assim dizer, a aparência do capitão marinheiro e da prima com um olhar examinador e atento. Perto da mãe alta, rígida e fria, e da figura um pouco menos flexível da filha, uma menina de mais ou menos doze anos brincava de toda espécie de travessura, ignorada por elas, como se estivesse acostumada ao hábito de espiar, ora sob os braços delas, ora daquele lado, ora do outro lado, todo esse tempo fazendo caretas para Lois e o capitão Holdernesse, que estavam sentados de frente para a porta, cansados e, de certo modo, decepcionados com a recepção. O capitão pegou um tabaco e começou a mastigá-lo como forma de consolação; mas, em um ou dois minutos, seu usual espírito resiliente veio a seu resgate, e ele disse para Lois, em voz baixa:

— Aquele patife do Elias, vou pegá-lo! Se a carta tivesse sido entregue, a senhorita teria tido uma recepção diferente. Mas, assim que eu me alimentar, vou sair, achar o garoto e trazer a carta, e isso fará com que tudo fique bem, minha menina. Não, não fique triste, porque não suporto lágrimas de mulheres. Você só está cansada por causa da viagem trêmula e da fome.

Lois limpou as lágrimas e, olhando ao redor para tentar afastar os pensamentos ao fixá-los nos objetos presentes, pegou os olhos profundos do primo observando-a, furtivos. Não era um olhar hostil, ainda assim deixou Lois desconfortável, em especial porque ele não o desviou depois de com certeza ter visto que ela o observava. Ela ficou contente quando a tia a chamou para um quarto interno a fim de ver o tio, e escapou da observação resoluta do primo sombrio e silencioso.

Ralph Hickson era muito mais velho do que a esposa, e sua doença o fazia parecer mais velho ainda. Ele nunca tivera a força de caráter que Grace, sua esposa, possuía. E a idade e a doença naquele momento o tornara quase criança, às vezes. Porém sua natureza era afetuosa e, estendendo os braços trêmulos de onde jazia acamado, ele deu a Lois uma recepção firme, sem nunca esperar a confirmação da carta perdida para reconhecê-la como sobrinha.

— Ah! É gentil da sua parte cruzar todo o mar para conhecer seu tio. Bondade da irmã Barclay liberar a senhorita!

Lois precisou lhe contar que não havia ninguém vivo para sentir sua falta na Inglaterra, que, na verdade, ela não tinha lar na Inglaterra, nem pai nem mãe deixados naquela terra. E que, pelas últimas palavras da mãe, tinha sido ordenada a procurá-lo e pedir-lhe um lar. Suas palavras saíram meio engasgadas de um coração partido, e a capacidade mental entorpecida dele não conseguiu entender o significado sem várias repetições. Em seguida, ele chorou como uma criança, um pouco pela perda de uma irmã que não vira por mais de vinte anos, um pouco pela órfã parada diante de si, se esforçando para não chorar e, sim, estabelecer-se com bravura naquela nova casa estranha. O que mais ajudou Lois a se conter foi o olhar indiferente da tia. Nascida e criada na Nova Inglaterra, Grace Hickson tinha um tipo de antipatia ciumenta pelas relações inglesas do marido, as quais aumentaram nos últimos anos com a mente fraca dele ansiando por elas. Ele tinha se esquecido do bom motivo que levara ao seu autoexílio e lamentava a decisão que resultara no maior erro de sua vida.

— Pare com isso — disse ela. — Surpreende-me que, no meio de toda essa desolação pela perda de alguém que viveu muitos anos, o senhor esqueça nas mãos de Quem ficam a vida e a morte.

Palavras verdadeiras, mas ditas com grosseria no momento. Lois a encarou com indignação visível, que aumentou conforme ela ouvia o tom desdenhoso no qual a tia continuava a falar com Ralph Hickson, ao mesmo tempo que arrumava a cama com cuidado para maior conforto dele.

— Alguém pode pensar que o senhor é um herege, com as lamúrias que sempre faz pelo leite derramado. A verdade é que você está sendo infantil apesar da idade avançada. Quando nos casamos, você deixou tudo nas mãos do Senhor. Nunca teria me casado de outro jeito.

Grace olhou para o rosto de Lois e viu a expressão de indignação e disse:

— Não, garota, você não há de me intimidar com seus olhares raivosos. Faço meus deveres como estão escritos, e não há um homem em Salem que ouse falar uma palavra para Grace Hickson sobre os trabalhos dela ou a fé. O devoto sr. Cotton Mather dissera que até ele podia aprender comigo. Eu a aconselharia a ser mais humilde, e ver se o Senhor não a afasta dos modos Dele, já que Ele a enviou para viver, por assim dizer, em Sião, onde o precioso bálsamo cai diariamente na barba de Arão.

Lois se envergonhou e lamentou saber que a tia tinha interpretado tão bem a expressão momentânea em seu rosto. Ela se culpava um pouco pelo sentimento que causara aquela expressão, tentando pensar com quantas preocupações a tia poderia ter estado antes da irrupção inesperada de estranhos, e mais uma vez desejando que a recordação do mal-entendido em breve passasse. Então esforçou-se para reassegurar a si mesma e não ceder à pressão trêmula da mão terna do tio quando, sob às ordens da tia, ela lhe desejou boa-noite e retornou para o cômodo exterior, ou "sala de estar", onde no momento toda a família estava reunida, pronta para a refeição de bolo de farinha e bifes de carne de veado que Nattee, a criada indígena, trazia da cozinha.

Parecia que ninguém conversara com o capitão Holdernesse enquanto Lois estava longe. Manasseh estava sentado quieto e silencioso, com o livro aberto sobre os joelhos, os olhos fixos atenciosamente no vazio, como se visse uma visão ou sonhasse acordado. Faith estava parada ao lado da mesa, instruindo Nattee preguiçosamente em suas preparações. Prudence jogava bola contra a moldura da porta, entre a cozinha e a sala de estar, pregando travessuras na velha indígena conforme ela ia e voltava, até que Nattee pareceu estar em forte estado de irritação, o qual tentava controlar em vão. Porque, toda vez que demonstrava qualquer sinal disso, Prudence apenas parecia mais empolgada em fazer traquinagens. Quando tudo ficou pronto, Manasseh ergueu a mão e "pediu uma prece", como era chamada. Mas a prece se tornou uma longa oração para bênçãos espirituais abstratas, pela força para combater Satã, e seus dardos inflamados, e depois assumiu — assim pensou Lois — um caráter puramente pessoal. Como se o jovem tivesse esquecido a ocasião, e até as pessoas presentes, e estivesse investigando o caráter das doenças que afligiam sua própria alma doente e as espalhando diante do Senhor.

Um puxão do casaco por Prudence o trouxe de volta. Ele abriu os olhos, lançou um olhar irritado para a criança, que fez uma careta como única resposta, sentou-se e então todos eles começaram a comer. Grace Hickson teria achado sua hospitalidade defeituosa se tivesse permitido que o capitão Holdernesse saísse à procura de hospedagem. Peles foram espalhadas para ele no chão da sala de espera; para suprir seus desejos durante a noite, uma Bíblia e uma garrafa de bebida destilada foram postos na mesa. E, apesar de todas as preocupações, dos problemas, das tentações e dos pecados dos membros da casa, todos adormeceram antes que o relógio badalasse às dez horas.

Na manhã, a primeira tarefa do capitão foi sair em busca do menino Elias e da carta desaparecida. Ele encontrou o garoto levando a carta com a consciência limpa, pois, pensou Elias, umas horas antes ou depois não fariam diferença. À noite ou na manhã seguinte é tudo a mesma coisa. Mas ele foi alarmado de sua atitude errada por um tapa na orelha dado pelo próprio homem que o tinha encarregado de entregar a carta às pressas, e quem ele acreditava estar naquele exato momento na cidade de Boston.

Com a carta entregue, e dada todas as possíveis provas de que Lois tinha direito a reclamar um lar a seus parentes mais próximos, o capitão Holdernesse achou melhor partir.

— Você há de gostar deles, moça, talvez, quando não houver mais ninguém aqui para fazê-la pensar no velho país. Não, não. Despedir-se é difícil sempre, e é melhor fazê-lo logo. Mantenha seu coração, minha menina, e eu vou voltar para vê-la na próxima primavera, se ainda estivermos vivos até lá. E quem sabe que jovem moleiro bonito pode vir comigo? Não vá se casar com um puritano devoto enquanto isso! Calma, calma. Vou indo. Deus a abençoe!

E assim Lois foi deixada sozinha na Nova Inglaterra.

PARTE II

Lois lutou muito para conquistar um espaço na família. Sua tia era uma mulher de sentimentos fortes. O amor que nutria pelo marido, se um dia existira, fora exterminado por completo havia muito tempo. O que ela fazia por ele, fazia por obrigação, mas a obrigação não era forte a ponto de deter aquele pequeno elemento: a língua. Com frequência, Lois sentia o próprio coração se apertar ao ouvir a constante censura desdenhosa que Grace empregava ao se dirigir ao marido, mesmo enquanto não media esforços para garantir o cuidado e o conforto físicos do homem.

O que a mulher mais velha dizia tinha mais a ver com o alívio do desabafo do que com o desejo de que as palavras o afetassem, e o homem estava debilitado demais pela doença para se magoar com o discurso; ou talvez fosse o caso de o marido ter se tornado indiferente à repetição incessante dos sarcasmos da esposa. Em todo caso, uma vez que estivesse alimentado e não sentisse nem frio nem calor demais, muito raramente o homem se importava com outra coisa.

Até a primeira onda de afeto por Lois logo se exauriu; ele gostava dela porque a sobrinha arrumava os travesseiros dele com destreza e habilidade, e porque esta sabia preparar receitas novas e deliciosas para seu apetite débil, mas seu apreço pela jovem não mais se relacionava ao fato de ela ser filha de sua falecida irmã. Ainda assim, ele gostava dela, e Lois ficava tão feliz com o afeto precioso que não se dedicava a analisar como e por que este lhe era dado. Ao tio ela conseguia agradar, mas ao que parecia ninguém mais na casa sentia o mesmo.

A tia lhe lançava olhares desconfiados por diferentes motivos: a chegada de Lois a Salem fora inoportuna; a lembrança da expressão de desaprovação em seu rosto naquela noite ainda perturbava a mente de Grace; os primeiros preconceitos, sentimentos e preconcepções da jovem inglesa faziam parte do lado que, naquele momento, seria chamado de Igreja e Estado, o que na época o país estimava como uma vigência supersticiosa das instruções de uma rubrica papista, e uma função subserviente à família de um rei opressor sem religião.

Também não é de se presumir que Lois não sentisse, e ao mesmo tempo sentisse com afinco, a falta de afeição que todos aqueles com quem tinha passado a morar manifestavam em relação à antiga lealdade hereditária (religiosa bem como política) na qual ela fora criada.

Com sua tia e Manasseh era mais do que falta de afeição, era uma desafeição convicta e ativa a todas as ideias mais estimadas por Lois. Tais como qualquer alusão feita, ainda que por acidente, à antiga igrejinha cinza em Barford, em que o pai de Lois pregara por tanto tempo; a referência ocasional às dificuldades pelas quais o próprio país dela estivera aturdido quando a jovem partira; e o apego, o qual ela fora criada a nutrir, à ideia de que o rei não errava; ideias como essas pareciam extrapolar os limites da tolerância de Manasseh.

Ele largava o que estivesse lendo, sua tarefa habitual quando estava em casa, e passava a andar com raiva pelo cômodo depois que Lois mencionava algo do tipo, murmurando consigo mesmo; e, quando parava diante dela, ordenava, em um tom fervoroso, que parasse de falar tolices. Aquilo era bem diferente do jeito sarcástico e desdenhoso que a mãe dele lidava com os pequenos e frágeis discursos leais de Lois.

Grace dava corda a ela (ao menos era o que fazia de início, até Lois entender que a ação era uma armadilha) para que seguisse demonstrando as opiniões sobre tais temáticas até que, bem quando a jovem se entregava de coração aberto, a tia se voltava para ela com tanto escárnio que o golpe despertava os sentimentos mais perversos que existiam em Lois.

Naquele momento, por trás de toda a raiva, Manasseh parecia bastante triste pelo que ele considerava o erro da jovem, a quem ele chegou muito perto de convencer de que havia dois lados para uma pergunta. Só que, caso ela considerasse tal perspectiva, sentiria estar traindo a memória do falecido pai.

De alguma forma, Lois sentia por instinto que o comportamento de Manasseh com ela era bem amigável. Ele mal se ocupava com as atribuições domésticas; como o verdadeiro chefe da casa, lidava com a lavoura e os negócios mercantis; e, com o passar da estação, saía para praticar tiro e caça nas florestas dos arredores, com uma audácia que fazia a mãe adverti-lo e ralhar com ele em particular; entretanto, para os vizinhos a mulher se gabava de como o filho era corajoso e não temia o perigo.

Lois não tinha o costume de sair para caminhar só por caminhar; no geral havia alguma tarefa doméstica a ser executada quando uma das mulheres da família saía. Contudo, vez ou outra ela tinha vislumbres da mata escura e lúgubre circundando o terreno desflorestado por todos os lados: a grande mata com o perpétuo movimento de galhos e ramos e seu lamento solene, o qual chegava às ruas de Salem quando o vento batia em uma determinada direção, propagando o som nítido dos pinheiros pelos ouvidos que se desocupavam a escutar.

E, segundo dizem, aquela antiga floresta que cercava o povoado estava cheia de criaturas temíveis e misteriosas, e ainda mais cheia de indígenas, também temíveis, esgueirando-se de uma sombra à outra, bolando conspirações sanguinárias contra o povo cristão: indígenas com os pelos raspados e pintados com listras feito panteras, e associados, de acordo com o que eles mesmos diziam bem como com a crença popular, a poderes malignos.

Nattee, a velha criada indígena, de vez em quando causava calafrios em Lois, uma vez que ela, Faith e Prudence ouviam as histórias mirabolantes que a velha contava sobre os bruxos de sua etnia. As ocasiões se davam mais na cozinha, ao cair da noite, enquanto a comida era preparada; a velha indígena, sentada de cócoras diante das brasas da lenha flamejante que não levantava chama alguma, e sim uma luz escabrosa que invertia as sombras dos rostos ao redor, contava-lhes histórias esquisitas, enquanto todas elas esperavam que a massa crescesse, porventura, a qual seria usada para fazer o pão da casa.

Pelas histórias, advinha a sugestão de que um sacrifício humano fosse necessário para que o feitiço ao coisa-ruim tivesse sucesso; e a pobre figura envelhecida, a própria crendo e se tremendo ao narrar o causo em um falar inculto, extraía um prazer estranho e inconsciente do poder sobre suas ouvintes: meninas da etnia opressora, que a tinha rebaixado a um estado que mal se diferenciava da escravidão, e reduzido seu povo a párias nos terrenos de caça que pertenceram aos antepassados dela.

Depois de tais causos, era preciso um grande esforço por parte de Lois para ir à noite, sob os comandos da tia, até os pastos comuns ao redor da cidadezinha, e conduzir o gado de volta a casa. Quem sabe o que a serpente de duas cabeças poderia aprontar por trás dos arbustos de amora; aquela criatura perversa, sorrateira e amaldiçoada a serviço dos bruxos indígenas, que tinha tanto poder sobre todas aquelas donzelas brancas cujos olhares se encontravam com qualquer extremidade de seu corpo comprido, sinuoso e rastejante de modo que, detestando a criatura, detestando a etnia indígena o quanto quisessem, precisassem ainda entrar na floresta atrás de um homem indígena e implorar para que fossem levadas à tenda dele, jurando fé à etnia para sempre? Ou havia feitiços, segundo Nattee, escondidos pelos bruxos sob a terra, os quais mudavam a natureza da pessoa que os encontrava; de modo que, ainda que gentil e amável pudesse ter sido, a partir dali não usufruía de prazer algum que não fosse atormentar os outros de forma cruel, e era agraciada com um poder estranho de causar tais tormentos como desejasse.

Certa vez, Nattee, falando baixinho com Lois, que estava sozinha com ela na cozinha, sussurrou em um tom de crença apavorado que Prudence havia encontrado tal feitiço, e, quando a indígena mostrou os braços para Lois, com marcas pretas e roxas de beliscões infringidos pela menina endiabrada, a jovem inglesa começou a temer a prima como a uma das pessoas possuídas. Mas não era apenas Nattee, nem as garotas de imaginação fértil, que acreditavam em tais histórias.

Hoje podemos nos dar ao luxo de achar graça delas, mas nossos ancestrais ingleses consideravam superstições similares na mesma época, e não se pode dar tantas desculpas nesse caso, uma vez que conheciam mais as circunstâncias que os rodeavam, e que por consequência o bom senso explicava, do que os tais mistérios das extensas florestas inexploradas da Nova Inglaterra. Os grandes sacerdotes não só acreditavam em histórias similares à da serpente de duas cabeças, e outros causos de bruxaria, como centravam as pregações e orações em tais narrativas; e, considerando que a covardia nos torna cruéis, homens que eram íntegros em muitas áreas da vida, até louváveis em algumas delas, tornaram-se, graças à superstição, perseguidores cruéis nesse período, agindo sem piedade contra qualquer um que eles acreditassem estar associado ao coisa-ruim.

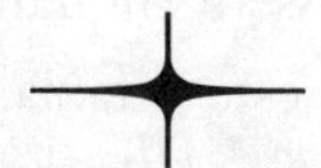

Na casa do tio, Faith era a pessoa de quem a jovem inglesa era mais íntima. As duas tinham mais ou menos a mesma idade e compartilhavam algumas das tarefas domésticas. Revezavam para chamar as vacas; faziam a manteiga que havia sido batida por Hosea, uma criada de fora que era velha e rígida na qual Grace Hickson tinha grande confiança; e cada mocinha fora encarregada de uma grande roca para preparar lã, e uma menor para linho, antes mesmo de completar um mês da chegada de Lois.

Faith era uma pessoa séria e calada, nunca alegre, por vezes bem tristonha, embora Lois estivesse longe de descobrir o porquê. Quando a garota se mostrava cabisbaixa, a jovem inglesa tentava, de maneira doce e simples, animar a prima, contando a ela histórias dos costumes e estilo de vida ingleses. Vez ou outra, Faith parecia interessada em ouvir; vez ou outra, não dava atenção a uma única palavra, mergulhada em devaneios. Se eram referentes ao passado ou ao futuro, ninguém sabia dizer.

Sacerdotes austeros velhos chegavam para fazer as visitas pastorais. Em tais ocasiões, Grace Hickson vestia um avental e um chapéu limpos, e os recebia com uma hospitalidade que não demonstrava a mais ninguém, dispondo e oferecendo a eles os melhores alimentos da despensa. Além disso, a Bíblia era exposta, e Hosea e Nattee eram chamadas, interrompendo o trabalho que faziam, para que ouvissem enquanto o sacerdote lia um capítulo, e, enquanto este o fazia, dissertava a respeito da leitura por uma quantidade considerável de tempo.

Em seguida, todas se ajoelhavam enquanto ele, de pé, erguia a mão direita, e orava por todas as combinações possíveis de pessoas cristãs, para todos os casos possíveis de necessidade espiritual; e, por fim, analisando os indivíduos em frente a ele, fazia uma oração bastante pessoal para cada um, de acordo com o que acreditava serem seus desejos. De início, Lois ponderava sobre a aptidão de uma ou outra dessas orações no que tangia às circunstâncias externas de cada caso; mas, quando percebeu que a tia geralmente tinha uma conversa bem extensa e confidencial com o sacerdote logo que este chegava, compreendeu que tanto as impressões quanto o conhecimento do homem advinham da mediação "daquela mulher devota, Grace Hickson"; e temo que ela tenha dado menos atenção à prece: "pois a donzela de outra terra, que trouxera os erros desta terra consigo como uma semente, mesmo atravessando o grande oceano, e que agora mesmo permite que as sementinhas disparem para dentro da árvore maligna, na qual todas as criaturas impuras podem encontrar abrigo".

— Gosto mais das orações de nossa igreja — confessou Lois para Faith um dia. — Na Inglaterra nenhum clérigo pode usar as próprias palavras nas preces, e assim não usa o julgamento que faz dos outros pra adequar as orações ao que ele acredita ser o caso, como o senhor Tappau fez hoje de manhã.

— Odeio o senhor Tappau! — disse Faith de pronto, uma luz fervorosa nos olhos escuros densos.

— Por que, prima? Ele me pareceu um bom homem, ainda que eu não tenha gostado das preces dele.

Faith apenas repetiu:

— Eu o odeio!

Lois lamentou aquele sentimento forte e negativo, lamentou por instinto, porque ela mesma se amava, se deleitava no amor que tinham por ela, e tinha uma sensação ruim no corpo a qualquer sinal de falta de amor nos outros. Mas não sabia o que dizer e naquele momento ficou em silêncio. Faith também prosseguiu girando a roda da roca com veemência, mas não disse mais nada até que o fio arrebentou, e às pressas a jovem empurrou a roda para longe e saiu do cômodo.

Em seguida, Prudence foi devagar para o lado de Lois. Aquela menina estranha parecia ser regida por uma variação de humores: naquele dia estava carinhosa e comunicativa; no dia seguinte poderia mostrar-se traiçoeira, debochada e tão indiferente à dor ou ao sofrimento de terceiros que seria possível chamá-la de desumana, quase.

— Então, você não gosta das preces do pastor Tappau? — sussurrou ela.

Lois lamentou terem ouvido o que falara, mas não poderia nem iria retirar o que dissera.

— Não gosto tanto quanto gostava das que ouvia em casa.

— A mamãe disse que sua casa tava cheia de descrentes. Não, não me olha assim… Não fui eu quem falou. Eu mesma não gosto muito de orar, nem do pastor Tappau, aliás. Mas Faith não o suporta, e sei o porquê. Devo contar pra você, prima Lois?

— Não! Faith não me contou e ela era a pessoa certa pra explicar os próprios motivos.

— Pergunta pra ela pra onde o senhor Nolan foi, e você vai ficar sabendo. Já vi Faith passar horas chorando por causa do senhor Nolan.

— Silêncio, menina! Silêncio! — exclamou Lois, porque tinha ouvido os passos de Faith se aproximando, e teve medo de que a jovem ouvisse a conversa.

O fato era que, um ou dois anos antes, houvera uma grande disputa no vilarejo de Salem, uma grande divisão no corpo religioso, e o pastor Tappau tinha sido o lido do partido mais violento e, ao final, vitorioso. Em consequência daquilo, o sacerdote menos popular, o sr. Nolan, tivera que deixar o lugar. E a ele Faith Hickson amava com toda a força de um coração apaixonado, embora ele nunca houvesse descoberto o apego que tinha provocado, e a própria família da jovem fosse muito indiferente a manifestações de sentimentos para notar quaisquer sinais de emoção por parte dela.

Mas a velha criada indígena Nattee via e notava todos eles. Ela sabia, tão bem como se tivesse sido confessado a ela, por que Faith tinha deixado de se importar com o pai ou a mãe, o irmão e a irmã, com as tarefas domésticas e ocupações cotidianas; mais ainda, com os rituais religiosos também. Nattee interpretava o significado do desgosto latente que Faith nutria pelo pastor Tappau com convicção; a mulher indígena entendia por que a garota (a única entre aquelas pessoas brancas a quem amava) evitava o velho sacerdote: preferiria esconder-se entre as pilhas de madeira a ser chamada a ouvir as exortações e preces dele.

Com pessoas bárbaras e não instruídas, não é "quem bem me quer, aceita o que de mim vier", pois com frequência elas têm inveja do tenro sentimento, mas sim: "faço do meu seu objeto de desprezo", e o sentimento de Nattee em relação ao pastor Tappau era até uma versão exagerada do ódio silencioso e implícito de Faith.

Por muito tempo, o motivo do desgosto da prima e o fato de a jovem estadunidense evitar o sacerdote foram mistérios para Lois, mas o nome “Nolan” permaneceu em sua mente, querendo ou não, e foi mais graças a um interesse juvenil em um suposto caso de amor do que uma curiosidade indiferente e insensível, que ela não conseguiu se conter a reunir pequenas falas e ações com o interesse de Faith no sacerdote exilado que fora embora, para chegar a uma pista que explicasse tudo, até que não restasse mais dúvida alguma em sua mente. E aquilo sem ter qualquer conversa adicional com Prudence, porque Lois se recusou a ouvir mais a respeito do assunto contado por ela, o que fez a prima mais nova ficar muito ofendida.

Com o passar do outono, Faith ficou ainda mais triste e enfadonha. Perdeu o apetite; a pele branca um pouco mais escura ficou pálida e sem cor; os olhos escuros pareciam vazios e ferozes. O início de novembro estava próximo. Lois, tendo o instinto e a boa intenção de injetar vida e alegria na residência monótona, estivera contando a Faith sobre muitos costumes ingleses, algo bobo, sem dúvida, e que mal acendia uma fagulha de interesse na mente da jovem estadunidense.

As primas estavam acordadas, deitadas na cama do grande cômodo sem reboco, o qual era parte depósito, parte quarto. Lois estava muito sensibilizada com Faith naquela noite. Ela passara algum tempo em silêncio ouvindo os suspiros pesados e irrefreáveis da prima. Faith suspirava porque sua dor era tão antiga que não mais causava sentimentos intensos nem choro. Lois ouvia sem dizer nada nas horas escuras e silenciosas da noite por um longo, longo tempo. Ficou bem imóvel, porque pensou que desabafar aquela angústia pudesse aliviar o coração cansado da prima.

Mas, quando por fim Faith pareceu ficar inquieta, incluindo movimentos convulsivos dos membros do corpo, em vez de ficar deitada parada, Lois começou a falar da Inglaterra, dos costumes antigos em casa, sem despertar muita atenção por parte de Faith, até que enfim chegou ao tema do Halloween, e contou dos costumes praticados na Inglaterra na época e por muito tempo depois, os quais aos poucos tinham desaparecido na Escócia.

Ao contar das peças que pregava com frequência, de comer maçã de frente para o espelho, do lençol gotejante, das bacias de água, das nozes secando uma ao lado da outra, e outras muitas formas inocentes de adivinhação, as quais donzelas inglesas risonhas e trêmulas utilizavam para descobrir como seriam os futuros maridos, caso fossem ter maridos: naquele momento Faith ouviu, sem fôlego, fazendo perguntas afoitas, como se um raio de esperança tivesse adentrado seu coração melancólico. Lois continuou a falar, contando todas as histórias que confirmariam a verdade do sexto sentido outorgado a todos que a buscassem nos métodos costumeiros; ela mesma metade acreditando, metade incrédula, mas desejando, acima de tudo, animar a pobre Faith.

De repente, Prudence se levantou da cama de rodízio no canto pouco iluminado do cômodo. Elas pensaram que a menina estivesse dormindo, mas estivera ouvindo a conversa havia muito tempo.

— Prima Lois pode sair e encontrar Satanás perto do riacho, se ela quiser; mas se você for, Faith, vou contar pra mamãe… E vou contar pro pastor Tappau também. Guarda suas histórias pra você, prima Lois; tô tremendo de medo. Prefiro nunca me casar a sentir a criatura me tocando e tirando a maçã da minha mão, enquanto seguro ela por cima do ombro esquerdo.

A menina agitada deu um grito alto de horror com a imagem que a própria imaginação conjurara. Faith e Lois correram até ela, voando pelo cômodo banhado pelo luar em suas camisolas brancas. No mesmo instante, convocada pelo mesmo clamor, Grace Hickson foi ao encontro da filha.

— Silêncio, silêncio! — bradou Faith, em um tom autoritário.

— O que houve, minha pequena? — questionou Grace.

Enquanto isso, Lois, sentindo que tinha causado todo o mal, ficou calada.

— Leva ela embora, leva ela embora! — berrou Prudence. — Olha o ombro esquerdo dela… o ombro esquerdo dela… O coisa-ruim tá ali agora, tô vendo ele se esticando por cima da maçã comida pela metade.

— Do que ela está falando? — perguntou Grace, austera.

— Ela está sonhando — explicou Faith. — Prudence, cala a boca.

Então beliscou a criança com severidade, enquanto Lois tentava, de maneira mais gentil, acalmar a inquietação que sentia ter causado.

— Fica quieta, Prudence, e vai dormir! — pediu ela. — Vou ficar do seu lado até ter adormecido por completo.

— Não, não! Vai embora! — respondeu Prudence, chorando, ela que de início estivera mesmo apavorada, mas naquele momento exibia mais pavor do que de fato sentia, considerando o prazer que a tomava por ser o centro das atenções. — Faith vai ficar comigo, não você, sua bruxa inglesa má!

Então Faith ficou sentada ao lado da irmã, e Grace, descontente e perplexa, retornou à própria cama com a intenção de perguntar mais a fundo sobre o assunto pela manhã. Àquela hora, Lois ficou torcendo para que tudo já estivesse esquecido e decidiu nunca mais falar sobre aquelas coisas. Mas algo aconteceu durante as horas seguintes daquela noite para mudar toda a situação.

Enquanto Grace estava fora do quarto, seu marido havia tido outro derrame: se ele também tinha se assustado com o grito sobrenatural, ninguém jamais descobriria. À luz tênue da vela que queimava depressa na mesa de cabeceira, a esposa notou ao voltar que havia acontecido uma grande mudança no marido: a respiração irregular tinha se transformado em quase roncos; o fim estava próximo. A família foi desperta, e fizeram tudo o que um médico ou a experiência sugeriria para ajudá-lo. Antes da chegada da luz da manhã do fim de novembro, no entanto, estava tudo acabado para Ralph Hickson.

Durante todo o dia seguinte, eles ficaram sentados ou transitando por cômodos escuros, falando poucas palavras, e quando o faziam era bem baixinho. Manasseh ficou em casa, lamentando a partida do pai, sem dúvidas, mas demonstrando pouca emoção. Faith foi a filha que lamentou a perda de forma mais penosa; tinha um coração acolhedor, escondido em algum lugar atrás da fachada mal-humorada, e o pai a havia demonstrado mais ternura passiva que a mãe já havia feito, pois Grace nutria um evidente favoritismo por Manasseh, o único filho homem, e Prudence, a filha mais nova.

Lois estava tão infeliz quanto os outros, porque tinha sentido grande proximidade com o tio como sendo seu amigo mais gentil, e o sentimento da perda dele renovou a antiga angústia que tinha vivenciado com a morte dos próprios pais. Mas ela não teve nem tempo nem espaço para chorar. Muitos cuidados que teriam parecido indecorosos como alvo do interesse de parentes próximos, a ponto de se envolverem em sua execução, ficaram sob a incumbência da jovem inglesa: a mudança requerida na vestimenta, as preparações domésticas para o banquete pesaroso do funeral; Lois teve que organizar tudo sob a orientação severa da tia.

Mas, um dia ou dois depois, o último dia antes do funeral, ela foi ao quintal pegar lenha para o forno. Era uma noite solene, linda e estrelada, e uma sensação repentina de desolação em meio ao vasto universo assim revelado tocou o coração de Lois, e esta se sentou atrás da pilha de madeiras e chorou um choro bem abundante.

Foi surpreendida por Manasseh, que de repente fez a curva na pilha de madeira e ficou diante dela.

— Lois, chorando!

— Só um pouco — respondeu ela, levantando-se e pegando a lenha; porque temia que o primo impassivo e sério a questionasse.

Para sua surpresa, o rapaz colocou a mão no braço dela e disse:

— Pare um minuto. Por que está chorando, prima?

— Não sei — retrucou ela, como uma criança ouvindo tal pergunta, e de novo sentiu vontade de chorar.

— Meu pai era muito gentil com você, Lois; não estranho que esteja lamentando-se por ele. Mas o Deus que nos tira algo, pode nos devolver dez vezes mais. Vou ser gentil como meu pai... sim, mais gentil. Esta não é a hora de falar de casamento e conceder a mão em casamento. Mas, depois de enviarmos nosso finado ao descanso eterno, gostaria de conversar com você.

Naquele momento Lois não chorou, mas se encolheu de medo. O que o primo queria dizer? Ela teria preferido que ele tivesse ficado irritado com ela por um luto descabido, por uma tolice.

Nos dias que se seguiram, ela o evitou com cautela, com o máximo de cautela que podia, sem parecer que o temia. Às vezes, ela pensava que devia ter sido um pesadelo porque, mesmo que não houvesse um amado inglês no cenário, nem nenhum outro homem no mundo, ela nunca poderia ter pensado em Manasseh como seu marido. De fato, até aquele momento, não houvera nada nem nas palavras nem nas ações dele para sugerir tal ideia. Uma vez sugerida, não havia como expressar o quanto ela o abominava. Ele podia ser bom e piedoso, e sem dúvidas era, mas os olhos escuros e fixos, movendo-se com tanta lentidão e intensidade, o cabelo liso preto, a pele cinzenta áspera, tudo isso contribuía para o desgosto que tinha passado a sentir por ele; desde as palavras trocadas atrás da pilha de madeira, toda a feiura pessoal e a falta de jeito do primo causavam nela uma sensação ruim.

Ela sabia que, mais cedo ou mais tarde, chegaria a hora em que o assunto seria abordado mais a fundo; mas, de maneira covarde, tentou adiar o momento agarrando-se ao laço do avental da tia, pois ela tinha certeza de que Grace Hickson tinha diferentes perspectivas para o único filho homem.

Como, de fato, tinha, porque a tia era uma mulher ambiciosa, bem como religiosa, e, graças à compra antecipada de terra no vilarejo de Salem, os Hicksons eram pessoas abastadas, sem terem se empenhado muito; em parte também pelo processo silencioso de acumulação, porque nunca se preocuparam em mudar a forma como viviam, desde a época em que fora adequada para uma fonte de renda bem menor do que a que usufruíam no momento. A situação econômica geral não se aplicava a eles.

No que tangia à reputação da família, era tão renomada quanto. Ninguém podia falar mal dos costumes ou ações deles. Sua virtude e devoção eram evidentes aos olhos de todos. Então Grace Hickson acreditava ter o direito de selecionar e escolher entre as donzelas, antes que identificasse uma adequada para ser a esposa de Manasseh. Ninguém em Salem atingia seus padrões imaginários.

Mesmo naquele momento, logo depois da morte do marido, ela considerava ir a Boston e se consultar com os sacerdotes principais lá, com o nobre sr. Cotton Mather no comando, para ver se eles a indicariam uma jovem donzela formosa e devota em suas congregações, a qual fosse digna de ser a esposa de seu filho. Mas, além de ter boa aparência e ser devota, a dama deveria ser bem-nascida e ter fortuna, ou Grace Hickson teria que a colocar de lado com desdém. Quando tal modelo de perfeição fosse encontrado e os sacerdotes aprovassem, Grace acreditava que não fosse haver nenhuma ressalva por parte do filho. Então Lois estava certa ao sentir que a tia fosse desgostar de qualquer conversa de casamento entre ela e Manasseh.

Mas, nesse sentido, certo dia a jovem foi encurralada. Manasseh tinha saído a trabalho, algo que todos disseram que o deixaria ocupado pelo resto do dia, mas, encontrando o homem com quem faria negócio, voltou antes do que qualquer um esperava. Ele percebeu quase que de imediato a ausência de Lois na copa, onde as irmãs usavam a roca de fiar. Sua mãe estava sentada tricotando, e pela porta aberta era possível ver Nattee na cozinha.

Ele era reservado demais para perguntar onde Lois estava, mas procurou com discrição até encontrá-la, no grande sótão, já apinhado com frutas e vegetais armazenados para o período de inverno. A tia dela havia mandado a jovem até ali em cima para analisar as maçãs uma por uma e escolher as de aparência mais frágil para o consumo imediato. Ela estava agachada, focada na tarefa, e mal notou que o rapaz se aproximava, até levantar a cabeça e o ver parado bem perto dela. A jovem deixou a maçã que segurava cair, ficou um pouco mais pálida que o costume, e o encarou em silêncio.

— Lois — começou ele —, lembra-se do que falei quando ainda lamentávamos a partida do papai? Acho que agora, como chefe desta família, é meu dever me casar. E não vi nenhuma donzela tão agradável aos meus olhos quanto você é, Lois!

Ele tentou segurar a mão dela. Mas a jovem colocou a mão atrás de si, balançando a cabeça como criança, e dizendo, o que era em parte um pranto:

— Por favor, primo Manasseh, não me diga isso! Ouso dizer que deve casar-se, sendo o chefe da família agora, mas não quero me casar. Eu preferiria não me casar.

— Belas palavras — respondeu ele, franzindo um pouco a testa, apesar disso. — Eu não gostaria de tomar como esposa uma donzela muito ousada, pronta a se lançar no matrimônio. Além disso, poderia causar um falatório na congregação, caso nos casássemos tão depressa depois da morte do papai. Porventura, falamos demais, mesmo agora. Mas eu queria que tivesse bem em mente o futuro próspero pra si. Embora haja tempo pra pensar a respeito, pra mente se acostumar à ideia por completo.

Mais uma vez ele estendeu a mão. Daquela vez, a jovem segurou a mão dele em um gesto espontâneo e franco.

— Eu lhe devo de alguma forma pela gentileza que me demonstrou desde que cheguei, primo Manasseh; e não tenho como lhe retribuir a não ser dizendo que verdadeiramente posso amá-lo como um querido amigo, se me permitir, mas nunca como esposa.

Ele afastou a mão dela, mas não desviou o olhar do rosto da jovem, embora seu olhar estivesse descendendo, soturno. O rapaz murmurou algo que ela não conseguiu ouvir bem, e assim a jovem inglesa prosseguiu com coragem, ainda que continuasse tremendo um pouco e tivesse que se esforçar muito para não chorar.

— Por favor, deixe-me contar tudo! Havia um jovem rapaz em Barford... Não, Manasseh, não posso falar se estiver tão bravo; é difícil conseguir lhe contar de qualquer forma... Ele disse que queria se casar comigo, mas eu era pobre, e o pai dele não permitiria, e não quero me casar com ninguém, mas, se quisesse, seria... — Ela abaixou a voz, e a cor rubra em seu rosto completou a frase.

Manasseh ficou ali, olhando para ela com os olhos taciturnos e vazios, que tinha um toque crescente de ferocidade neles, então disse:

— Eu me apercebi... na verdade, o conhecimento veio até mim por meio de uma visão... de que você deve ser a minha esposa, e não a de outro homem. Você não pode escapar do que está predestinado. Meses atrás, quando me pus a ler os livros antigos divinos nos quais minha alma se deleitava até você chegar, não vi nenhuma letra marcada à tinta na página, mas vi uma tipografia dourada e rúbea de alguma língua desconhecida, o significado foi assim sussurrado pra dentro da minha alma. Era: "case-se com Lois, case-se com Lois!". E, quando meu pai morreu, eu soube que era o início do fim. É a vontade do Senhor, Lois, e você não pode escapar dela.

Mais uma vez, ele teria segurado a mão da jovem e a puxado para perto. Mas daquela vez ela se esquivou dele de pronto.

— Não reconheço como sendo a vontade do Senhor, Manasseh — contrapôs ela. — A questão de eu dever ser sua esposa não é algo que "se apercebe", como vocês puritanos chamam. Não estou convicta sobre o matrimônio a ponto de aceitar seu pedido, mesmo que não haja outra oportunidade pra mim. Porque não sinto por você o que deveria sentir por meu marido. Mas eu poderia ter tido muito apreço por você como um primo... um primo gentil.

Ela parou de falar; não conseguia usar as palavras certas para revelar ao rapaz a gratidão e afabilidade que nutria por ele, que ainda assim jamais poderiam ser sentimentos mais íntimos ou caros, assim como duas retas paralelas jamais poderiam se encontrar.

Mas ele estava tão convencido pelo que acreditava ser o espírito da profecia, que Lois deveria ser sua esposa, que ficou ainda mais indignado com o que ele considerava ser a resistência da jovem a um decreto predeterminado do que ansioso com o resultado daquilo. Mais uma vez, ele tentou convencê-la de que nem ele nem ela tinham escolha naquele tema, ao pronunciar:

— A voz me disse: "case-se com Lois", e eu respondi: "farei isso, Senhor".

— Mas a voz, como chama, nunca me disse nada assim.

— Lois — bradou ele, de maneira solene —, a voz vai dizer. E então você obedecerá, como fez Samuel?

— Não, de fato não posso fazer isso! — retrucou a jovem, com vivacidade. — Posso considerar um sonho como verdade, e ouvir as próprias fantasias, se eu pensar muito nelas. Mas não posso me casar com ninguém por obediência.

— Lois, Lois, você ainda é pecaminosa, mas eu a vi em uma visão como um dos eleitos, vestida de branco. E ainda que sua fé seja muito fraca para que possa obedecer mansamente, nem sempre será assim. Vou orar pra que consiga enxergar o curso predestinado. Enquanto isso, vou amenizando os obstáculos externos.

— Primo Manasseh! Primo Manasseh! — clamou Lois às costas do rapaz, porque ele estava saindo do cômodo. — Volte! Não há palavras definitivas o bastante pro que quero dizer. Manasseh, não há poder no céu nem na terra que pode me fazer amá-lo a ponto de me casar com você, ou me casar com você sem esse amor. E digo isso solenemente, porque é melhor que este assunto seja encerrado de uma vez.

Por um momento o rapaz ficou desconcertado, então ergueu as mãos e disse:

— Que Deus lhe perdoe pela blasfêmia! Lembra-se de Hazael, que disse "que é o teu servo, que não é mais do que um cão, para fazer tão grande coisa?" e foi lá e fez, porque suas condutas malignas estavam afixadas e destinadas a ele antes da fundação do mundo. E seus caminhos não deveriam estar dispostos entre os devotos, como me foi prenunciado?

Então ele se foi, e por um minuto ou dois Lois sentiu como se as palavras dele tivessem que se transformar em realidade, e que, mesmo lutando contra, mesmo que odiasse sua sentença, deveria ser esposa do rapaz, e que, considerando as circunstâncias, muitas moças teriam sucumbido ao destino aparente dela.

Isolada de todas as relações anteriores, sem ter notícias da Inglaterra, vivendo a rotina pesada e monótona de uma família com um homem como chefe, e tal homem sendo considerado um herói por muitos ao seu redor, simplesmente por ele ser o único homem na família; tais fatos em si teriam provocado fortes suposições entre as quais apenas uma teria feito muitas moças cederem. Mas, além disso, havia muito a ser dito com base na imaginação naquela época, naquele espaço e tempo.

Acreditava-se principalmente que havia manifestações de influência espiritual (da influência direta tanto de espíritos bons quanto maus), as quais com frequência eram percebidas nos cursos das vidas das pessoas. Muitas eram tidas como uma orientação do Senhor; abriam a

Bíblia e permitiam o cair das folhas, e o primeiro texto sobre o qual recaísse o olhar deveria ser entendido como uma instrução concedida por aquele lá de cima.

Ouviam-se barulhos que não se sabia de onde vinham, acreditando serem trabalho de espíritos malignos que ainda não tinham sido banidos do deserto, lugares os quais possuíram por muito tempo. Tinham visões indistintas, inexplicáveis e misteriosas: Satanás, sob alguma forma, buscando alguém para devorar. E, no início da extensa temporada de inverno, os causos sussurrados, tentações e assombrações antigas, além de terrores demoníacos, eram tidos como particularmente frequentes. Nesse sentido, Salem estava tomada pela neve e era deixada à mercê de si mesma.

As noites longas e escuras, os cômodos com parca iluminação, os corredores rangendo, nos quais artigos diferentes eram armazenados longe do alcance do frio tão perfurante, e dos quais vez ou outra, na calada da noite, ouvia-se um barulho, como um corpo pesado caindo, quando, na manhã seguinte, tudo parecia estar em seu devido lugar (tão acostumados estamos nós a mensurar as vozes em comparação com outras, e não com a imobilidade absoluta do período noturno); a névoa branca, aproximando-se mais e mais das janelas a cada noite, assumindo formas estranhas, como fantasmas; todas essas e muitas outras circunstâncias: como a queda distante de árvores grandiosas nas florestas misteriosas os cercando; o grito e clamor tênues de algum indígena buscando o acampamento, e inconscientemente mais próximo do terreno do homem branco do que qualquer uma das partes gostaria caso pudessem ter escolhido; os brados famintos das criaturas selvagens se aproximando dos currais; eram essas as coisas que faziam da vida invernal em Salem, na época memorável de 1691/1692, parecer estranha, assombrada e formidável para muitos; peculiarmente esquisita e terrível para a jovem inglesa, em sua primeira estada nos Estados Unidos.

E agora, imagine Lois enervada pela convicção de Manasseh de que estava decretado que ela fosse sua esposa, e verá que a ela não faltava coragem nem espírito para resistir como o fez, de maneira estável e firme, e ainda gentil. Tome como exemplo as situações em que os nervos da jovem eram tomados pelo choque, algo leve em comparação, é verdade, mas lembre-se de que ela estivera o dia inteiro, e por muitos dias, presa dentro de casa, em uma luz fraca que ao meio-dia estava quase escura com a nevasca longa e contínua.

A noite se aproximava, e o fogo da lenha estava mais alegre do que qualquer um dos seres humanos que o cercava; o zumbido monótono das rodas de fiar menores estivera ressoando o dia todo, e o estoque de linho na parte inferior da casa estava quase no fim; foi quando Grace Hickson mandou Lois ao depósito pegar mais, antes que a luz tivesse se dissipado por completo de modo que não pudesse ser encontrado sem que usassem uma vela, e seria perigoso entrar com uma vela em um cômodo cheio de materiais inflamáveis, principalmente naquela época de geada intensa, quando cada gota de água ficava detida e presa na rigidez do gelo.

Então Lois foi, encolhendo-se um pouco pelo corredor comprido que levava escada acima até o depósito, porque era naquele corredor que se ouvia os barulhos noturnos estranhos, os quais todos começaram a notar e sobre os quais falavam bem baixinho. Enquanto caminhava, porém, cantava "para preservar a coragem", com a voz baixa, o louvor noturno que cantava com frequência na igreja em Barford:

— Glória ao Senhor, meu Deus, nesta noite...

E tal foi o caso, suponho, que ela não ouviu a respiração nem a movimentação de qualquer criatura perto dela até que, quando estava pegando o linho para carregar lá para baixo, ouviu alguém (era Manasseh) dizendo próximo ao ouvido dela:

— A voz já lhe falou? Diga, Lois! A voz já lhe falou... A que fala comigo dia e noite: "case-se com Lois"?

Ela se sobressaltou e ficou um pouco enjoada, mas respondeu quase que de modo direto, de maneira corajosa e nítida:

— Não, primo Manasseh! E nunca falará.

— Então devo esperar um pouco mais — respondeu o rapaz, com a voz rouca, como se falasse consigo mesmo. — Senão a completa submissão... a completa submissão.

Por fim, houve uma pausa na monotonia do inverno extenso e escuro. Os paroquianos mais uma vez levantaram a discussão de se não era completamente necessário que o pastor Tappau tivesse algum auxílio, considerando que a paróquia estava sendo ampliada. Isso já havia sido debatido antes, e o pastor Tappau tinha concordado com a necessidade, e tudo tinha ido muito bem por alguns meses depois da indicação de seu assistente, até que um sentimento nasceu no sacerdote mais velho, o que pode ter sido inveja do mais jovem, se um homem tão devoto como o pastor Tappau pudesse nutrir uma emoção tão maligna.

Fosse como fosse, formaram-se dois grupos depressa; os mais jovens e fervorosos ficando a favor do senhor Nolan, enquanto os mais velhos e persistentes (e, na época, a maioria) atendo-se ao velho, grisalho e dogmático senhor Tappau, que os tinha casado, batizado seus filhos e que para eles, literalmente, era um "pilar da igreja". Então o senhor Nolan saiu de Salem, levando consigo, possivelmente, mais corações do que apenas o de Faith Hickson, mas com certeza esta nunca mais fora a mesma desde então.

Mas naquele momento, Natal de 1691, com um ou dois membros mais velhos da congregação tendo morrido, e alguns que eram homens mais jovens tendo se mudado para Salem, o senhor Tappau também já estando mais velho e, segundo o pensamento generoso de alguns, mais astuto, foi feito um esforço renovado, e assim o senhor Nolan estava retornando para trabalhar em um contexto mais ameno, ao que parecia.

Lois tinha começado a se interessar de maneira intensa em todos os trâmites relacionados a esse retorno, por causa de Faith; bem mais do que a própria jovem fazia por si mesma, qualquer um teria dito. Enquanto as conversas sobre o retorno do senhor Nolan aconteciam, a roda de Faith nunca girava mais rápido ou mais devagar, o fio nunca arrebentava, a cor do rosto nunca aparecia, os olhos nunca se erguiam com um interesse súbito. Mas Lois, depois da dica dada por Prudence, desvendara a chave para os suspiros e olhares de pesar desesperador, mesmo sem a ajuda das canções improvisadas de Nattee, por meio das quais, sob alegorias estranhas, se cantava sobre o amor desamparado de sua favorita para ouvidos desatentos a seu significado, exceto os ouvidos da empática e compassiva Lois. De vez em quando, ela ouvia o canto estranho da velha indígena: metade na própria língua, metade em um falar inculto da língua inglesa, ressoando acima de uma panela fervente, da qual emanava um cheiro sobrenatural, para dizer o mínimo.

Certa vez, ao perceber o aroma enquanto estava na copa, Grace Hickson exclamou de repente:

— Nattee está dada aos costumes bárbaros de novo; o mal acabará recaindo sobre nós se ela não parar com isso.

Mas Faith, movendo-se mais depressa do que o normal, disse algo sobre dar um fim àquilo, e assim evitou a intenção evidente da mãe de entrar na cozinha. Faith fechou a porta que conectava os dois cômodos, e iniciou uma reclamação com Nattee, mas ninguém conseguia ouvir as palavras.

Faith e Nattee pareciam estar mais unidas pelo amor e interesses em comum do que qualquer outra dupla de indivíduos autônomos habitando a residência. Às vezes Lois sentia que sua presença, como um terceiro que sobrava, interrompia alguma conversa confidencial entre a prima e a velha criada. E ainda assim ela tinha apreço por Faith e poderia quase pensar que Faith gostava mais dela do que era o caso com a mãe, o irmão ou a irmã; porque os dois primeiros eram indiferentes a quaisquer sentimentos não ditos, enquanto Prudence se deleitava em descobri-los, apenas para se divertir à custa deles.

Um dia, Lois estava sentada sozinha à mesa de costura, enquanto Faith e Nattee estavam em um dos conclaves secretos, dos quais Lois se sentia excluída de forma tácita, quando a porta externa foi aberta, e um homem jovem, alto e pálido, em vestimentas profissionais estritas de um sacerdote, entrou. Lois se levantou depressa com um sorriso e um olhar de boas-vindas em nome de Faith; porque aquele deveria ser o sr. Nolan, cujo nome estivera na língua de todos havia dias, e quem esperavam, como sabia Lois, que tivesse chegado no dia anterior.

Ele pareceu meio surpreso com o entusiasmo alegre com o qual foi recebido pela desconhecida; era possível que não tivesse ouvido falar da jovem inglesa que era reclusa na casa em que ele anteriormente só tinha visto rostos sérios, solenes, rígidos ou densos, e na qual apenas fora recebido de modo duro, bem diferente da aparência corada, sorridente e cheia de covinhas que o cumprimentou de maneira inocente, como se cumprimentasse um antigo conhecido.

Depois de oferecer uma cadeira para que o sacerdote se sentasse, Lois apressou-se em ir chamar Faith, sem dúvidas crendo que o sentimento que a prima tinha pelo jovem pastor era mútuo, ainda que sua intensidade não fosse reconhecida por nenhum dos dois.

— Faith! — chamou a jovem inglesa, alegre e sem fôlego. — Adivinhe... Não. — Mudando a postura para uma suposta inconsciência da relevância que as palavras representavam, continuou: — O sr. Nolan, o novo pastor, está na copa. Ele pediu pra chamar minha tia e Manasseh. Minha tia foi pra reunião de oração na casa do pastor Tappau, e Manasseh está fora.

Lois continuou falando, querendo dar tempo a Faith, porque a menina tinha ficado pálida que nem defunto com a informação, enquanto, ao mesmo tempo, os olhos dela encontraram os olhos aguçados e astutos da velha indígena com uma aparência de maravilhamento meio desacreditado, ao passo que o rosto de Nattee expressava uma satisfação triunfante.

— Vá — instigou Lois, ajeitando o cabelo de Faith e dando-lhe um beijo na bochecha pálida e fria —, ou então ele vai se perguntar por que ninguém foi recebê-lo, e talvez ache que sua presença não seja bem-vinda.

Faith foi para a copa sem dizer nada e fechou a porta que conectava os cômodos. Nattee e Lois ficaram lá, juntas. Lois estava tão feliz, como se a sorte tivesse recaído sobre ela própria. Por ora, o temor crescente que sentia da persistência feroz e sinistra de Manasseh, a frieza da tia, a própria solidão, tudo foi esquecido, e ela até teria conseguido dançar de alegria.

Nattee riu alto, falando e rindo consigo mesma:

— Velha índia, um grande mistério. Velha índia aqui e acolá, indo pra onde mandam, onde escuta com os ouvidos. Mas a velha índia — e aqui ela se empertigou, a expressão facial bem mudada — sabe quem chamar, então o homem branco tem que vir; e uma velha mulher índia nunca disse uma palavra, e o homem branco não ouvia nada com os próprios ouvidos.

Durante todo aquele tempo, as coisas na copa estavam se sucedendo de maneira bem diferente da imaginada por Lois. Faith estava sentada ainda mais imóvel do que o normal, a cabeça baixa, falando pouquíssimo. Um observador ágil poderia ter notado que as mãos da jovem tremiam um pouco, e que o corpo todo estremecia de vez em quando.

Mas o pastor Nolan não foi um observador atento naquela ocasião; estava absorto nas próprias ponderações e perplexidades. Suas ponderações eram resultado de um desejo carnal humano: quem era aquela bela desconhecida que, quando ele chegara, parecera tão feliz em vê-lo, mas que desaparecera de imediato e, ao que parecia, não retornaria.

E, de fato, não tenho certeza se a perplexidade dele era por ser um homem carnal em vez de um sacerdote devoto, tamanho era seu dilema. Era o costume em Salem (como já vimos) que o sacerdote, ao adentrar uma residência para a visita que, entre outras pessoas e outros tempos, teria sido chamada de "visita matinal", fizesse uma oração pelo bem-estar eterno da família que vivia sob aquele teto.

Naquele momento, esperava-se que a oração fosse adaptada para os temperamentos, alegrias, angústias, desejos e fracassos individuais de cada membro presente; e lá estava ele, um jovem pastor, sozinho com uma jovem moça, e ele pensou (de maneira rasa, talvez, mas ainda bem natural) que o que tinha pressuposto a partir da personalidade dela, durante as súplicas minuciosas mencionadas acima, fosse ser bem estranho em uma prece *tête-à-tête*; então, por conta da ponderação ou da perplexidade, não sei, ele não contribuiu muito à conversa por algum tempo e, enfim, em um súbito ato de coragem e improviso, o jovem pastor cortou o nó górdio ao fazer a proposta costumeira para a prece e adicionou o pedido de que o resto da casa fosse chamado.

Adentrou Lois, calada e decorosa; adentrou Nattee, toda impassiva e rígida como um pedaço de madeira; não havia um olhar de percepção nem traço de risadinha em seu semblante. Recordando de maneira solene cada pensamento errante, o pastor Nolan se ajoelhou no meio das três para orar.

Ele era um homem bom e religioso de verdade, cujo nome aqui é a única coisa camuflada, e desempenhou seu papel de maneira corajosa no julgamento terrível ao qual posteriormente foi sujeito; e se na época, antes de passar pelas perseguições fervorosas, as fantasias humanas que assolam todos os corações jovens tomaram o dele, hoje sabemos que tais fantasias não são um pecado.

Mas naquele momento ele orava com determinação, com tanto vigor para si mesmo, com um senso tão grande da própria necessidade e falhas espirituais, que cada uma das ouvintes sentia como se a oração e a súplica tivessem sido alçadas para cada uma delas. Até Nattee murmurou algumas palavras que conhecia da Oração do Senhor; ainda que fosse uma bobagem de substantivos e verbos desconexos, a pobre criatura as disse por estar afetada por uma reverência incomum.

Quanto a Lois, ela se levantou reconfortada e fortalecida, como nenhuma prece do pastor Tappau a havia feito se sentir. Mas Faith chorava, chorava alto, quase em descontrole, e não fez esforço algum para se erguer, em vez disso ficou agachada com os braços estendidos sobre o banco de madeira. Lois e o pastor Nolan se entreolharam por um instante.

Então Lois disse:

— O senhor deveria ir. Minha prima tem estado frágil por algum tempo, e sem dúvida precisa de mais sossego do que teve hoje.

O pastor Nolan se curvou e deixou a casa, mas retornou depois de um momento. Meio abrindo a porta, mas sem entrar, e então questionou:

— Voltei para perguntar se porventura eu poderia lhes visitar à noite para saber do estado da senhorita Hickson?

Mas Faith não ouviu aquilo; ela chorava mais alto do que nunca.

— Por que o mandou embora, Lois? Eu deveria ter me recuperado de imediato, e tem tanto tempo desde que o vi. — Ela escondia o rosto enquanto dizia aquilo, e Lois não conseguiu ouvir as palavras com nitidez.

A jovem inglesa abaixou a cabeça perto da prima no banco, com a intenção de pedir a ela que repetisse o que dissera. Mas na irritação do momento, e possivelmente impulsionada por algum ciúme incipiente, Faith empurrou Lois de maneira tão violenta que a jovem inglesa se machucou na borda dura e afiada do banco de madeira.

Lágrimas surgiram nos olhos de Lois, não tanto por conta da bochecha machucada, mas pela surpresa da dor que sentiu com a repulsa da prima pela qual nutria sentimentos tão afetuosos e gentis. Apenas por ora Lois ficou brava, como qualquer jovem poderia ter ficado, mas algumas das palavras da prece do pastor Nolan ainda ressoavam em sua mente, e ela pensou que seria uma pena se não deixasse que os dizeres adentrassem seu coração.

No entanto, não ousou se abaixar para acariciar Faith de novo, mas ficou em silêncio ao lado da prima, esperando de maneira angustiada, até que um passo à porta externa fez Faith se levantar depressa e correr para a cozinha, deixando para Lois o fardo de receber por conta própria a pessoa que chegava.

Era Manasseh, que voltava da caçada. Ele estivera fora por dois dias, junto a outros jovens rapazes que moravam em Salem. Era quase a única ocupação que o fazia deixar a rotina reclusa. Ao ver Lois, sozinha, o rapaz parou de repente à porta, porque nos últimos tempos a prima o vinha evitando sempre que possível.

— Onde minha mãe está?

— Em uma reunião de oração na casa do pastor Tappau. Ela levou Prudence. Faith saiu daqui neste minuto. Vou chamá-la.

E Lois estava indo na direção da cozinha quando ele se colocou entre ela e a porta.

— Lois, o tempo está passando e não posso esperar muito mais. As visões estão vindo até mim com intensidade, o destino fica cada vez mais nítido pra mim. Ontem à noite mesmo, acampando na floresta, vi em minha alma, no intervalo entre dormir e acordar, o espírito vindo e oferecendo a você dois tecidos; um era branco, como a cor de uma noiva, enquanto o outro era preto e vermelho, que é, interpreto, uma morte violenta. E, quando você escolheu a segunda opção, o espírito me disse: "Venha!" e eu fui, como ordenado. Eu entrego a você com as minhas próprias mãos a previsão do que há de acontecer se não ceder à vontade da voz e se tornar minha esposa. E, quando o tecido preto e vermelho caiu no chão, você já era um cadáver havia três dias. Agora, esteja ciente, Lois, a tempo! Lois, minha prima, testemunhei em uma visão, e minha alma está apegada à sua presença... Eu a livraria de tal destino.

Ele estava bem firme, em uma determinação fervorosa; quaisquer que fossem as visões, como ele chamava, o rapaz acreditava nelas, e tal crença lhe concedia um altruísmo ao amor que tinha por Lois. Ela sentiu aquilo naquele momento, como nunca tinha sentido antes, e pareceu um contraste à repulsa que tinha acabado de receber da irmã dele. Manasseh tinha se aproximado dela, e naquele momento segurou a mão da jovem, repetindo de maneira feroz, patética e sonhadora:

— E a voz me disse: "case-se com Lois!".

E Lois ficou mais inclinada a reconfortá-lo e dialogar com ele do que já havia estado, desde a primeira vez que ele falara com ela a respeito. Foi então que Grace Hickson e Prudence adentraram o cômodo, vindas do corredor. Tinham retornado da reunião de oração pela entrada dos fundos, o que impossibilitou que o som da chegada delas fosse ouvido.

Mas Manasseh não se agitou nem se virou, manteve os olhos fixos em Lois, como se para perceber o efeito das palavras. Grace deu um passo à frente depressa e, erguendo o braço direito forte, separou a mão da dele, apesar do aperto fervoroso de Manasseh.

— O que significa isso? — indagou a mulher mais velha, dirigindo-se mais a Lois do que ao filho, a raiva brilhando nos olhos fundos.

Lois esperou que Manasseh falasse. Por uns minutos antes, ele pareceu mais gentil e menos ameaçador do que vinha sendo ultimamente no que tangia àquele assunto, e ela não queria irritá-lo. Mas o rapaz não falou, e a tia ficou ali de pé, brava, aguardando uma resposta.

Pelo menos, pensou Lois, *quando minha tia expuser a opinião a respeito, isso vai pôr um fim à ideia dele.*

— Meu primo deseja me tomar como esposa — explicou Lois.

— Você! — exclamou Grace, disparando na direção da sobrinha com um gesto de absoluto desprezo.

Mas, naquele momento, Manasseh se colocou a falar:

— Sim! Está predestinado. A voz assim me disse, e o espírito a trouxe até mim pra ser minha noiva.

— Espírito! Um espírito maligno, então! Um bom espírito teria escolhido para você uma donzela devota de seu próprio povo, e não uma prelatista estranha como essa garota. Que bonito, senhorita Lois, é assim que nos retribui pela nossa bondade!

— De fato, tia Hickson, fiz tudo o que pude, o primo Manasseh sabe disso, pra mostrar a ele que não posso aceitar isso. Eu disse a ele — revelou ela, corando, mas determinada a dizer tudo de uma vez — que estou praticamente comprometida com um jovem do meu próprio vilarejo e que, mesmo colocando tudo isso de lado, não desejo me casar no momento.

— Deseje em vez disso por conversão e regeneração! O casamento é uma palavra indecorosa para deixar a boca de uma donzela. E, quanto a Manasseh, vou falar com ele em particular a respeito; enquanto isso, se tiver dito a verdade, não se coloque no caminho dele, como percebo que tem feito com bastante frequência ultimamente.

Lois sentiu o coração arder com a acusação injusta, porque ela sabia o quanto temia e evitava o primo, e quase olhou para ele para demonstrar a prova de que as palavras da tia não eram verdadeiras.

Mas, em vez daquilo, o rapaz retomou à ideia fixa, dizendo:

— Mamãe, escute! Se eu não me casar com Lois, tanto ela quanto eu morreremos dentro de um ano. Não me afeiçoo pela vida. A senhora sabe que antes disso busquei pela morte.

Grace estremeceu, e por um momento foi dominada pela recordação de um passado terrível.

O rapaz prosseguiu:

— Mas, se Lois se tornar minha esposa, viverei, e ela seria poupada do que seria o outro destino. A cada dia a visão inteira fica mais nítida pra mim. Ainda assim, quando tento descobrir se sou um dos eleitos, tudo é mergulhado em escuridão. O mistério do Livre-Arbítrio e da Presciência é um mistério inventado por Satanás, não por Deus.

— Infelizmente, meu filho! Satanás está lá fora entre os irmãos agora mesmo, mas deixe os antigos assuntos controversos de lado! Antes de se afligir de novo, deve tomar Lois como esposa, embora meu coração esperasse por um destino diferente para você.

— Não, Manasseh — contrapôs Lois. — Eu amo você como um primo, mas sua esposa nunca posso ser. Tia Hickson, não é correto iludi-lo assim. Digo, se eu um dia me casar com um homem, será com meu prometido na Inglaterra.

— Quieta, criança! No lugar do meu marido falecido, sou sua responsável. Não duvido que se considere um prêmio tão grandioso do qual conseguiria me apoderar seja como for. Para mim você não tem valor algum, a não ser como remédio para Manasseh, caso a mente dele fique perturbada outra vez, como tenho notado sinais recentemente.

Aquela, na época, era a explicação secreta de muito o que tinha a apavorado no comportamento do primo: e, se Lois fosse uma médica dos tempos modernos, poderia ter identificado semelhanças no temperamento das irmãs dele também: a natural insensibilidade de Prudence e a forma travessa que se deleitava na maldade, a veemência de Faith no amor não correspondido. Mas, por enquanto, Lois não sabia, nem Faith, que o apego da segunda jovem pelo senhor Nolan não era somente não recíproco, como também nem mesmo era identificado por parte do jovem sacerdote.

É verdade que ele visitava a casa com frequência, sentava-se com a família e os observava com atenção, mas Faith em particular não chamou sua atenção. Lois percebeu aquilo e se lamentou; Nattee percebeu e ficou indignada; bem antes da própria Faith lentamente chegar à conclusão ela mesma, e ir até a indígena Nattee, em vez da prima Lois, para receber compaixão e conselhos.

— Ele não gosta de mim — murmurou Faith. — Ele gosta mais do dedo mindinho de Lois do que de meu corpo inteiro. — A jovem se lamentou alto, sentindo a dor amarga da inveja.

— Quietinha, quietinha, minha passarinha! Como ele pode construir um ninho, quando o velho pássaro detém todo o musgo e as penas? Espere até a indígena encontrar os meios de fazer o pássaro velho voar pra bem longe. — Foi aquele o conforto misterioso que Nattee ofereceu.

Grace Hickson assumiu certa responsabilidade sobre Manasseh, o que amenizou grande parte da aflição de Lois com o comportamento estranho do rapaz. Ainda assim, às vezes ele escapava da vigilância da mãe, e em tais oportunidades sempre buscava por Lois, suplicando, como era o hábito, para que ela se casasse com ele; por vezes declarando o amor pela jovem, com mais frequência falando com ferocidade das visões e vozes que ouvia predizendo uma futuridade terrível.

Precisamos agora abordar acontecimentos que ocorriam em Salem, para além do círculo estreito da família Hickson, mas como nos são úteis apenas até o ponto em que influenciavam as consequências do futuro daqueles que formavam parte dela, vou tratar da narrativa bem depressa.

Durante um período bem curto que precedeu o início da minha história, a morte havia tirado de Salem quase todos os seus homens respeitáveis e cidadãos exemplares, homens de oportuna sabedoria e sólido aconselhamento. As pessoas ainda mal tinham se recuperado do choque da perda, enquanto um após o outro os patriarcas da pequena comunidade primitiva partiam desta para uma melhor. Foram amados como pais e admirados como juízes na terra.

O primeiro efeito ruim que a perda deles causou foi visto na discórdia acalorada que surgiu entre o pastor Tappau e seu concorrente, Nolan. Ao que parecia, aquilo tinha se dissolvido, mas o senhor Nolan estivera poucas semanas em Salem, depois de chegar ao vilarejo pela segunda vez, antes que um novo conflito nascesse e alienasse muitas pessoas cujas vidas, até então, estiveram entrelaçadas umas com as outras por laços de amizade ou outro vínculo.

Mesmo na família Hickson, parte daquele sentimento emergiu. Grace sendo uma partidária veemente das doutrinas mais soturnas do pastor mais velho, enquanto Faith era uma defensora fervorosa, ainda que impotente, do sr. Nolan. Manasseh ficava cada vez mais absorto nas próprias fantasias, e imaginava possuir o dom da profecia, o que em comparação o tornava indiferente aos acontecimentos externos, mas isso não resultava na concretização das visões que tinha nem na elucidação das doutrinas obscuras e misteriosas sobre as quais o rapaz ponderava além do que lhe era saudável física e mentalmente.

Já Prudence sentia deleite ao irritar a todos defendendo formas de pensar às quais eles mais se opunham, e relatando cada fofoca à pessoa mais propensa a não acreditar nela e se indignar, o que a menina fazia sem consciência quanto ao efeito que aquilo provocaria.

Havia muitos boatos de que a congregação estava passando por dificuldades, e de discórdias acontecendo no Tribunal Geral. E naturalmente, se aquele curso dos acontecimentos se sucedesse, cada grupo torcia para que o pastor da oposição e a parcela da congregação que o seguia levassem a pior na disputa.

Tudo estava tão atribulado na cidade que certo dia, mais para o fim do mês de fevereiro, Grace Hickson voltou bastante agitada da reunião de oração semanal que ela tinha o costume de frequentar na casa do pastor Tappau. Ao entrar na própria casa, sentou-se, balançando o corpo para a frente e para trás, orando consigo mesma. Tanto Faith quanto Lois pararam de fiar, ponderando a respeito da agitação dela antes de qualquer uma das duas se aventurar a falar com a mulher.

Por fim Faith se levantou e questionou:

— Mamãe, o que houve? Aconteceu algo de ruim?

Enquanto orava, o rosto da mulher mais velha, corajosa e austera, estava pálido; os olhos, arregalados de pavor; lágrimas corriam em abundância pelas bochechas.

Era quase como se tivesse se esforçando para recuperar o senso costumeiro da rotina doméstica, antes que encontrasse as palavras para dizer:

— Algo de ruim! Filhas, Satanás está lá fora... está perto de nós. Agora mesmo eu o vi afligir duas crianças inocentes, como era o hábito quando perturbava aqueles possuídos por ele na Judeia. Hester e Abigail Tappau foram contorcidas e convulsionadas por ele e outros a serviço dele de tal maneira que tenho medo de recordar;

e quando o pai delas, o devoto sr. Tappau, começou a exortar e orar, elas uivaram como as criaturas selvagens do campo. Satanás se reveste da verdade semeada entre nós. As garotas ficaram invocando-o, como se estivesse lá junto conosco. Abigail gritou que ele estava bem às minhas costas, disfarçado de um homem negro, e de fato, quando me virei ao ouvir as palavras, vi uma criatura feito uma sombra desaparecendo, e todos começaram a suar frio. Quem sabe onde ele está agora? Faith, espalhe palha na soleira da porta!

— Mas se ele já tiver aqui dentro — comentou Prudence —, não vai ficar mais difícil pra ele sair?

A mãe, sem dar atenção à pergunta da criança, continuou se balançando, orando, até que mais uma vez voltou a dizer:

— O reverendo senhor Tappau disse que ontem à noite mesmo ouviu o barulho de um corpo pesado sendo arrastado pela casa por um poder forte; em algum momento, lançou-se contra a porta do quarto dele e teria, sem dúvidas, invadido, se ele de imediato não tivesse orado com fervor em voz alta; depois que começou a orar, escutou um urro de arrepiar; e hoje de manhã, encontrou toda a louça da casa quebrada e empilhada no meio do chão da cozinha. O pastor Tappau disse que, assim que começou a orar em gratidão à refeição da manhã, Abigail e Hester soltaram um grito, como se alguém estivesse beliscando as duas. Senhor, tenha piedade de todos nós! Satanás se reveste da verdade semeada.

— Parecem as histórias antigas que eu ouvia em Barford — revelou Lois, sem fôlego por conta do medo.

Faith parecia menos assustada, mas também o desgosto dela pelo pastor Tappau era tão grande que mal conseguia se sensibilizar com quaisquer infortúnios que recaíssem sobre ele e sua família.

Mais perto da noite, o senhor Nolan chegou. No geral, tão intenso era seu compromisso partidário que Grace Hickson apenas tolerava as visitas dele, com frequência tendo alguma ocupação na hora, e estando muito absorta em pensamentos para oferecer a ele a hospitalidade imediata que era uma de suas virtudes mais proeminentes. Mas naquele dia, tanto por levar consigo as últimas informações dos novos horrores que surgiram em Salem quanto por ser um atuante da Igreja (ou o que os puritanos consideravam equivalente a um atuante da Igreja) contra Satanás, ela o recebeu de maneira incomum.

Ele parecia assoberbado pelos acontecimentos do dia. De início pareceu que estava quase aliviado por poder sentar-se e ficar parado, cogitando o que ocorrera, e seus anfitriões ficaram quase impacientes, aguardando que o jovem sacerdote dissesse mais do que palavras monossilábicas, quando ele começou a falar:

— Um dia como hoje oro para que nunca mais veja. É como se os demônios, que foram banidos pelo Senhor para o rebanho de suínos, tivessem tido a autorização de voltar à terra. E eu acreditava que apenas os espíritos perdidos nos atormentavam, mas temo bastante que alguns daqueles que estimamos ser pessoas de Deus tenham vendido a alma a Satanás, em troca de um pouco de seu poder maligno, o qual usarão para atingir outros por um tempo. O presbítero Sherringham hoje mesmo perdeu um cavalo bom e valioso, o qual usava para conduzir a família à reunião de oração.

— Porventura — respondeu Lois —, o cavalo morreu de uma doença natural.

— Verdade — confirmou o pastor Nolan —, mas eu ia dizer que, quando ele entrou em casa, sofrendo com a morte do animal, um rato correu para dentro na frente dele, tão de repente que o homem quase caiu, embora um instante antes a criatura não estivesse em nenhum lugar à vista. Ele bateu no rato com o sapato e a coisa urrou como um humano sentindo dor, e subiu correndo a chaminé, sem carregar consigo nada além da chama ardente e fumaça.

Manasseh ouviu com avidez a história toda e, quando acabou, ele colocou a mão no peito e orou em voz alta pelo livramento do poder do coisa-ruim, e prosseguiu orando em intervalos durante a noite, com cada marco do extremo terror em seu rosto e comportamento; ele, o caçador mais corajoso e audacioso em todo o povoado. De fato, toda a família se aprochegou em um silêncio temeroso, encontrando raramente alguma ocupação rotineira comum que lhes despertasse interesse.

Faith e Lois ficaram sentadas com os braços entrelaçados, como se dias antes a jovem estadunidense não tivesse sentido ciúmes da inglesa; baixinho, Prudence fez perguntas temerosas para a mãe e para o pastor sobre as criaturas que estavam lá fora, e as formas que afligiam as pessoas, e, quando Grace pediu ao sacerdote que orasse por ela e a família, ele fez uma súplica extensa e fervorosa de que nenhum daqueles naquele pequeno rebanho jamais caísse em tamanha perdição irremediável a ponto de se tornar culpado do pecado para o qual não havia perdão: o Pecado da Bruxaria.

PARTE III

"O Pecado da Bruxaria." Nós lemos a respeito disso, observamos do lado de fora; mas mal conseguimos perceber o terror por ele induzido. Cada ação impulsiva ou incomum, cada minúsculo ato de nervosismo, cada sofrimento ou dor eram percebidos, não apenas pelos que rodeavam quem estava sofrendo, mas pela própria pessoa, quem quer que fosse, que estivesse agindo ou sendo influenciada, mesmo que da maneira mais simples e comum. Se ele ou ela (já que era mais comum isso acontecer com uma mulher ou uma garota) desejasse algum tipo de alimento incomum, fizesse movimentos ou repousos atípicos — a mão se contorcesse, o pé ficasse dormente, ou desse uma cãibra na perna —, a terrível pergunta imediatamente surgia: "Será que alguém está exercendo um poder maligno sobre mim, com a ajuda de Satanás?". E talvez continuasse a pensar: *Já é ruim o bastante sentir que meu corpo pode sofrer através do poder de alguém que deseje o mal para mim; mas e se Satanás der a ele ainda mais poder, e ele conseguir tocar na minha alma, incutindo em mim pensamentos repugnantes que me levem a cometer crimes que no momento eu abomino?* E assim por diante, até que o próprio pavor do que poderia acontecer e a permanência constante dos pensamentos, mesmo com o horror, sobre certas possibilidades — ou o que se pensavam ser possibilidades —, de fato resultassem na corrupção da imaginação, o que a princípio fazia a pessoa se arrepiar. Além disso, havia uma incerteza quanto a quem poderia estar infectado — não muito diferente do pavor avassalador da peste, que fazia alguns se afastarem de seus entes mais queridos por um medo irreprimível. O irmão ou a irmã, que era a amizade mais amada de sua infância e juventude, talvez estivesse preso em algum pacto mortal com espíritos malignos do tipo mais horrível; quem é que iria saber? E, nesse caso, seria um dever, um dever sagrado, abandonar o corpo terreno que outrora foi tão amado, mas que agora era a morada de uma alma corrompida e horrível em suas inclinações malignas. Possivelmente, o terror da morte poderia arrancar a confissão, o arrependimento e a purificação. Ou, caso não o fizesse, ora, que fosse com a criatura maligna, a bruxa, para outro mundo, em direção ao reino do mestre, cuja ordem foi cumprida na terra, sob todos os tipos de corrupção e tortura das criaturas de Deus! Havia outros que, aos sentimentos mais simples, embora mais ignorantes, de horror às bruxas e às feitiçarias, acrescentavam o desejo, consciente ou não, de vingança contra aqueles cuja conduta de alguma forma os desagradasse. Quando uma declaração assume um caráter sobrenatural, não há como refutá-la. Surge o argumento: "Você tem apenas os poderes naturais; eu tenho os sobrenaturais. Você admite a existência do sobrenatural ao condenar o próprio crime da bruxaria. Mal conhece os limites dos poderes naturais; sendo assim, como poderia definir o sobrenatural? Estou dizendo que na calada da noite, quando meu corpo parecia estar presente, deitado em um sono tranquilo, eu estava, na mais completa e desperta consciência, presente em carne e osso em uma assembleia de bruxas e bruxos, presidida por Satanás; que fui por eles torturado em meu corpo, porque minha alma não o aceitava como rei; e que presenciei um e outro feito. Quanto à natureza da aparição que se passou por mim, dormindo tranquilamente em minha cama, eu não sei; mas, admitindo, assim como você, a possibilidade de bruxaria, você não pode refutar o que eu digo". A declaração pode ser dada como verdadeira ou falsa, dependendo se a testemunha acreditava ou não; mas todos precisam ver que poder imenso e terrível havia para a vingança. Então, outra vez, os próprios acusados ajudavam a propagar o terrível pânico. Alguns deles, com medo da morte, confessavam por covardia os crimes imaginários dos quais foram acusados e dos quais foram prometidos perdão na confissão. Outros, fracos e aterrorizados, chegaram a acreditar piamente em suas próprias culpas por meio das doenças da imaginação, que certamente eram geradas em um tempo como aquele.

Lois estava fiando com Faith, as duas em silêncio, pensando nas histórias que haviam se espalhado. Lois falou primeiro:

— Ah, Faith! Este país é pior do que a Inglaterra jamais foi, mesmo nos tempos do mestre Matthew Hopkinson, o caçador de bruxas. Eu fico com medo de todos, acho. Às vezes, fico com medo até da Nattee!

Faith corou de leve. Em seguida, perguntou:

— Por quê? O que faz você desconfiar da índia?

— Ah! Tenho vergonha do meu medo assim que ele surge em minha mente. Mas, você sabe, o olhar e a cor dela me foram estranhos quando cheguei aqui; e ela não é uma mulher cristã; e me contam histórias de índios que praticam bruxaria; e não conheço as misturas que às vezes ela está mexendo no fogo, nem o significado dos cantos estranhos que ela entoa pra si mesma. E, uma vez, a encontrei no anoitecer, bem perto da casa do pastor Tappau, acompanhada por Hota, a criada dele... Foi logo antes de ouvirmos a respeito da grave perturbação na casa dele... E fiquei me perguntando se ela teve algo a ver com isso.

Faith ficou sentada muito quieta, como se estivesse pensando. Por fim, disse:

— Se Nattee tiver mais poderes do que você e eu, não os usará pro mal; pelo menos não o mal daqueles que ela ama.

— Isso me conforta, embora pouco — revelou Lois. — Se ela tiver mais poderes do que deveria, eu a temo, mesmo não a tendo visto fazer qualquer mal; não, apesar de eu ter quase certeza de que seus sentimentos quanto a mim são gentis. Mas tais poderes só são dados pelo Maligno; e a prova disso é que, como você insinua, Nattee os usaria contra quem a ofendesse.

— E por que ela não deveria fazer isso? — perguntou Faith, erguendo os olhos e lançando um fogo pesado deles.

— Porque — começou Lois, não vendo o olhar de Faith — nos dizem pra orar por aqueles que nos maltratam, e pra fazer o bem para aqueles que nos perseguem. Pobre Nattee, ela não é uma mulher cristã. Queria que o sr. Nolan a batizasse: talvez isso a livrasse do poder das tentações de Satanás.

— Você nunca se sente tentada? — perguntou Faith, meio desdenhosa. — E, no entanto, não duvido que você tenha sido muito bem batizada!

— Verdade — disse Lois, com tristeza. — Com frequência, faço muitas coisas erradas; mas talvez eu pudesse ter feito pior se meu espírito não estivesse sendo observado.

Elas ficaram mais uma vez em silêncio por algum tempo.

— Lois — chamou Faith —, não quis ofendê-la de forma alguma. Mas você nunca sentiu que poderia desistir de toda aquela vida futura, da qual os párocos falam, e que parece tão vaga e tão distante, por alguns anos de bem-aventurança vívida e real, começando amanhã… nesta hora… neste minuto? Ah! Consigo pensar em uma felicidade pela qual eu desistiria de bom grado de todas aquelas possibilidades nebulosas de paraíso…

— Faith, Faith! — gritou Lois, aterrorizada, colocando a mão diante da boca da prima e olhando em volta, assustada. — Fique quieta! Você não sabe quem pode estar ouvindo; está se colocando sob o poder dele.

Mas Faith afastou a mão dela e disse:

— Lois, acredito nele tanto quanto acredito no céu. Talvez ambas as coisas existam; mas estão tão distantes que as desprezo. Ora, todo esse caos em relação à casa do sr. Tappau… Prometa pra mim que nunca contará a uma criatura viva, e eu contarei um segredo pra você.

— Não! — disse Lois, apavorada. — Tenho pavor de qualquer segredo. Não ouvirei nenhum. Farei tudo o que puder por você, prima Faith, de qualquer maneira; porém, neste momento, estou me esforçando pra manter minha vida e meus pensamentos dentro dos limites mais estritos da simplicidade devota, e temo me comprometer com qualquer coisa que seja oculta e secreta.

— Como quiser, garota covarde e cheia de medos que, se tivesse me dado ouvidos, poderiam ter diminuído, ou poderiam até mesmo ter sido completamente eliminados.

E Faith não disse mais nenhuma palavra, embora Lois tentasse docilmente atraí-la para uma conversa sobre algum outro assunto.

O rumor da bruxaria era como o eco de um trovão entre as colinas. Havia surgido na casa do sr. Tappau, e suas duas filhinhas foram as primeiras a supostamente ser enfeitiçadas; mas por aí, de cada canto da cidade, chegavam relatos de vítimas de bruxaria. Era difícil encontrar uma família em que não houvesse uma dessas supostas vítimas. Então, de muitos lares, irromperam rosnados e ameaças de vingança — coação profunda, não intimidação — pelo terror e o mistério do sofrimento que lhes deu origem.

Por fim, foi marcado um dia em que, após jejum e oração solenes, o sr. Tappau convidou os vizinhos e todas as pessoas devotas para se reunirem em sua casa e se unirem a ele a fim de dedicar um dia a solenes cerimônias religiosas e a súplicas para libertar suas filhas e os igualmente aflitos do poder do Maligno. Toda Salem seguiu em direção à casa do pastor. Havia uma expressão de animação nos rostos de todos; a ânsia e o horror transpareciam em muitos, enquanto a determinação severa, equivalente à crueldade — se a ocasião surgisse —, era vista em outros.

No meio da reza, Hester Tappau, a garota mais nova, teve convulsões. Um ataque após o outro, seus berros se misturaram com os gritos e a comoção da congregação. Na primeira pausa, quando a criança já estava parcialmente recuperada, enquanto o povo permanecia ao seu redor, exausto e sem fôlego, seu pai, o pastor Tappau, ergueu a mão direita e conjurou-a, em nome da Trindade, a dizer quem a atormentava. Houve um silêncio mortal; nenhuma criatura se mexeu em toda a multidão. Hester se virou, cansada e inquieta, e murmurou o nome de Hota, a criada indígena de seu pai. Hota estava presente, aparentemente tão interessada quanto qualquer um; na verdade, estava muito ocupada trazendo remédios para a criança que sofria. Mas agora havia ficado horrorizada, paralisada, enquanto seu nome era ouvido e gritado em tom de reprovação e ódio por toda a multidão em volta dela. Um pouco mais e eles teriam partido para cima da criatura trêmula e arrancado membro por membro de uma Hota pálida, morena e trêmula, parecendo meio culpada por sua própria perplexidade. Mas o pastor Tappau, aquele homem esquelético e grisalho, endireitando-se ao máximo, gesticulou para recuarem, para ficarem quietos e ouvirem-no falar; e então lhes disse que a vingança instantânea não era apenas uma punição justa e deliberada; que precisariam condená-la, talvez arrancar dela uma confissão; ele esperava que — com as revelações de Hota, caso ela confessasse — houvesse alguma reparação para suas filhas, que estavam sofrendo. Precisavam deixar a culpada em suas mãos e nas de seus irmãos pastores, assim poderiam lutar contra Satanás antes de entregá-la ao poder civil. Ele falou bem, pois falou com o coração de um pai vendo suas filhas expostas a um sofrimento terrível e misterioso, acreditando firmemente que agora tinha em suas mãos a chave para finalmente libertar as filhas e os que como elas sofriam. E a congregação gemeu em uma submissão insatisfeita e ouviu sua prece longa e passional, que se elevou mesmo com a presença de uma Hota infeliz, vigiada e presa por dois homens, que a encaravam como cães de caça prontos para escapar, mesmo enquanto a oração terminava com as palavras do misericordioso Salvador.

Lois ficou enjoada e estremeceu durante toda a cena; e não era um estremecimento intelectual diante da estupidez e da superstição das pessoas, mas um estremecimento terno e moral ao deparar-se com a culpa em que ela acreditava e com a evidência do ódio e da aversão dos homens, que, mesmo quando dirigidos aos culpados, perturbavam e afligiam seu coração misericordioso. Ela seguiu a tia e os primos até o lado de fora, os olhos cabisbaixos e o rosto pálido. Grace Hickson estava indo para casa com uma sensação triunfante de alívio ao descobrir de quem era a culpa. Apenas Faith parecia mais inquieta e perturbada do que de costume; pois Manasseh entendia aquilo como o cumprimento de uma profecia, e Prudence estava animada, um estado de ânimo destoante.

— Tenho quase a mesma idade de Hester Tappau — disse Prudence. — O aniversário dela é em setembro e o meu, em outubro.

— O que isso tem a ver? — perguntou Faith, com rispidez.

— Nada; é só que ela parecia tão pequenininha pra receber as preces de todos aqueles pastores sérios, e tantas pessoas vêm de tão longe; algumas de Boston, ouvi dizer, tudo por causa dela, aparentemente. Ora, você não viu? Foi o devoto sr. Henwick que segurou a cabeça dela enquanto ela se contorcia, e a velha madame Holbrook pediu ajuda pra subir em uma cadeira e enxergar melhor. Fico me perguntando: quanto tempo eu precisaria ficar me contorcendo antes de pessoas grandes e piedosas prestarem tanta atenção em mim? Porém, acho que é porque Hester é a filha do pastor. Ela vai ficar tão esnobe que não vamos mais falar com ela. Faith! Você acha que Hota realmente a enfeitiçou? Ela me deu bolo de milho da última vez que estive na casa do pastor Tappau, como qualquer outra mulher; talvez, só um pouquinho mais bem-intencionada. E pensar que ela é uma bruxa, afinal!

Mas Faith parecia estar com pressa de chegar em casa, portanto não prestou atenção no que Prudence falava. Lois apressou-se com Faith; pois Manasseh caminhava ao lado de sua mãe, e ela seguia firme no plano de sair de perto dele, muito embora a garota tentasse passar mais tempo com Faith, que parecia querer evitá-la.

Naquela tarde, a notícia de que Hota confessou seu pecado — isso é, admitiu ser uma bruxa — se espalhou por Salem. Nattee foi a primeira a receber a informação. Ela invadiu o quarto onde as meninas estavam sentadas com Grace Hickson, solenes, sem fazer nada devido à grande reunião de oração da manhã, e gritou:

— Misericórdia, misericórdia, senhorita, todo mundo! Cuidem bem da pobre índia Nattee, que nunca erra, só pelo bem da senhorita e da família! A Hota é uma bruxa má e perversa, ela que falou. Pobre de mim!

E, inclinando-se sobre Faith, disse algo em um tom de voz baixo e miserável, fazendo com que Lois só entendesse a palavra "tortura". Mas Faith ouviu tudo, e, ficando muito pálida, ao mesmo tempo levou e foi levada por Nattee de volta à cozinha.

Um tempo depois, Grace Hickson chegou em casa. Ela havia saído para ver uma vizinha — não posso dizer que uma mulher tão devota andou fofocando —; e, de fato, o assunto da conversa que ela teve era de natureza muito séria e importante, não poderia ser nomeado por uma palavra leviana. Houve um momento de escuta e de repetição de pequenos detalhes e rumores que não diziam respeito às interlocutoras, o que constitui uma fofoca; mas, neste caso, todos os fatos e falas triviais podem ser considerados portadores de um significado muito terrível, e pode resultar em um final muito horrível, tanto que os sussurros eram ocasionalmente elevados a uma importância trágica. Cada fragmento de informação relacionado à casa do sr. Tappau era avidamente apreendido: o modo como seu cachorro uivou por uma longa noite sem conseguirem calá-lo; o fato de sua vaca de repente ter parado de dar leite apenas dois meses depois de ter parido; a falha em sua memória em determinada manhã, por alguns minutos no pai-nosso, e ele até mesmo pulou uma parte de tão preocupado que ficou; e como todos esses precursores da estranha doença das filhas podiam ser agora interpretados e compreendidos — isso tudo formou o ponto principal da conversa de Grace Hickson com as pessoas próximas a ela. Por fim, havia surgido entre elas uma discussão sobre até que ponto essas subseções do poder do Maligno deveriam ser consideradas como um castigo ao pastor Tappau por algum pecado de sua parte; e, se sim, o quê? Não foi uma discussão desagradável, embora houvesse considerável divergência de opinião;

isso porque, como a família de ninguém ali havia passado por tamanha perturbação, decerto nenhuma daquelas pessoas havia cometido qualquer pecado. No meio da conversa, uma das pessoas, vindo da rua, trouxe a notícia de que Hota confessara tudo: ela havia assinado um certo livrinho vermelho que Satanás lhe havia apresentado; presenciara sacramentos ímpios; cavalgara pelo ar até Newbury Falls; e, de fato, havia assentido a todas as perguntas que os anciãos e magistrados, lendo minuciosamente as confissões das bruxas já julgadas na Inglaterra, a fim de não omitir um único inquérito sequer, haviam feito para ela. Ela possuía muitas coisas, porém coisas que tinham menos importância, mais próximas de truques terrenos do que de poderes espirituais. A mulher havia falado de cordas cuidadosamente ajustadas, com as quais todas as louças da casa do pastor Tappau poderiam ser derrubadas ou remexidas; mas as fofocas de Salem mal deram ouvidos para tais malversações inteligíveis. Um burburinho dizia que tal ação demonstrava a provocação de Satanás; mas as pessoas preferiram dar mais atenção à culpa maior dos sacramentos blasfemos e dos percursos sobrenaturais. A pessoa que estava contando a fofoca concluiu dizendo que Hota seria enforcada na manhã seguinte, apesar de sua confissão, muito embora sua vida lhe tivesse sido prometida caso ela reconhecesse seu pecado; pois era bom usar a primeira bruxa descoberta de exemplo, e também era bom que ela fosse uma indígena, uma pagã, cuja vida não seria de grande perda para a comunidade. Então, Grace Hickson se pronunciou.

Era bom que as bruxas desaparecessem da face da Terra, fossem elas indígenas ou inglesas, pagãs ou, pior ainda, cristãs batizadas que haviam traído o Senhor, assim como Judas, entregando-se a Satanás. De sua parte, ela desejava que a primeira bruxa descoberta fosse membra de uma casa inglesa devota, para que todos os homens pudessem ver que as pessoas religiosas estavam dispostas a cortar a mão direita e arrancar o olho direito, se estivessem contaminados com o pecado diabólico. Ela falou bem e com severidade. A outra pessoa respondeu dizendo que as palavras de Grace poderiam ser postas à prova, já que havia murmurinhos sobre Hota ter entregado o nome de outras pessoas, algumas delas pertencentes às famílias mais religiosas de Salem, que ela vira entre os profanos comungantes nos sacramentos do Maligno. E Grace disse que a mulher responderia por isso, visto que todas as pessoas devotas suportariam a provação e extinguiriam toda afeição natural a fim de impedir que o pecado crescesse e se espalhasse entre elas. Ela mesma tinha pavor de testemunhar uma morte violenta, até mesmo a de um animal; mas não deixaria que isso a impedisse de ficar entre aqueles que expulsariam a criatura amaldiçoada na manhã seguinte.

Fazendo diferente do que de costume, Grace Hickson contou muito a respeito dessa conversa para a família. Sua falação dava indícios de que ela estava empolgada, e a empolgação se espalhou pela família de diferentes formas. Faith ficou corada e inquieta, perambulando entre a despensa e a cozinha, e questionando sua mãe principalmente em relação às partes mais extraordinárias da confissão de Hota, como se quisesse se certificar de que a bruxa indígena realmente havia cometido aqueles atos horríveis e misteriosos.

Lois tremia de medo com a narração e com a ideia de que tais coisas eram possíveis. De vez em quando, via-se divagando em pensamentos solidários pela mulher que estava prestes a morrer, odiada por todos os homens e não perdoada por Deus, a quem ela havia traído temerosamente, e agora, neste instante — quando Lois se sentou entre seus parentes à luz quente e alegre do fogo, antecipando diversas manhãs pacíficas, talvez até felizes —, ela se sentia solitária, trêmula, em pânico, culpada, sem ninguém para ficar ao seu lado e animá-la, trancada na escuridão entre as paredes frias da prisão da cidade. Mas Lois quase simpatizou com a cúmplice tão repugnante de Satanás, e orou com pedidos de perdão por seu pensamento caridoso; e, no entanto, lembrou-se do terno espírito do Salvador e permitiu-se sentir pena novamente — afinal, seu senso de certo e errado ficou tão confuso que ela apenas deixou tudo à disposição de Deus e pediu a ele que tomasse todas as criaturas e todos os ocorridos em Suas mãos.

Prudence estava tão reluzente que parecia estar ouvindo uma história divertida — curiosa para saber o que mais sua mãe lhe contaria —, como se não temesse nenhuma questão relativa a bruxas ou feitiçaria, e mesmo assim desejava comparecer ao enforcamento com sua mãe na manhã seguinte. Lois encolheu-se ao ver a expressão cruel e ansiosa no rosto da jovem, que implorava que a mãe a deixasse ir. Até Grace ficou perplexa e perturbada com a obstinação da filha.

— Não — disse ela. — Não me peça mais! Você não vai. Esse tipo de coisa não é para jovens. Eu irei, e só de pensar eu já passo mal. Mas irei para mostrar que eu, uma mulher cristã, estou ao lado de Deus na luta contra o diabo. Você não vai, estou dizendo. Eu deveria chicotear você só por pensar nisso.

— Manasseh disse que Hota foi bem chicoteada pelo pastor Tappau antes de confessar — disse Prudence, como se estivesse ansiosa para mudar o assunto da discussão.

Manasseh ergueu a cabeça; ele estava estudando a grande Bíblia, que seu pai trouxera da Inglaterra. Ele não havia escutado o que Prudence dissera, mas levantou o olhar ao ouvir seu nome. Todas as pessoas presentes ficaram surpresas com seus olhos selvagens, seu rosto sem sangue. Mas ele estava evidentemente irritado com a expressão em seus semblantes.

— Por que estão me olhando assim? — perguntou ele.

Manasseh estava ansioso e agitado.

Sua mãe, então, lhe disse:

— Prudence só estava comentando algo que você contou para ela... sobre o pastor Tappau ter sujado as mãos chicoteando a bruxa Hota. Que pensamento maligno tomou conta de você? Converse conosco, não quebre a cabeça contra o aprendizado do homem.

— Não é o aprendizado do homem que estudo; é a Palavra de Deus. Eu até gostaria de saber mais sobre a natureza desse pecado da bruxaria, se ele é, de fato, o pecado imperdoável contra o Espírito Santo. Às vezes, sinto uma influência arrepiante sobre mim, inspirando diversos pensamentos malignos e ações inesperadas, e pergunto a mim mesmo: "Será que é esse o poder da bruxaria?". E passo mal, e desprezo tudo o que faço ou digo; e, no entanto, alguma criatura maligna tem o domínio sobre mim, e devo necessariamente fazer e dizer o que desprezo e temo. Por que a senhora se questiona, mãe, por eu, de todos os homens, estar me esforçando pra desvendar a exata natureza da bruxaria e, com esse propósito, estar estudando a Palavra de Deus? Você não me viu quando eu estava, por assim dizer, possuído por um demônio?

Ele falava de uma maneira calma e triste, mas como se estivesse profundamente convicto. Sua mãe se levantou para confortá-lo.

— Meu filho — disse ela —, ninguém jamais o viu cometer tais atos, nem o ouviu proferir palavras sobre as quais alguém pudesse dizer que foram instigadas por demônios. Nós o vimos, pobre rapaz, com seu juízo perdido por um tempo; mas todos os seus pensamentos buscaram a vontade de Deus em lugares proibidos antes de se perderem neles por um momento sequer ao ansiar pelos poderes das trevas. Esses dias já se passaram; o futuro está à sua frente. Não pense em bruxas ou em estar sujeito ao poder da bruxaria. Fiz mal em falar disso perto de você. Deixe Lois vir se sentar para conversar com você.

Lois foi até o primo, profundamente triste por seu estado de espírito deprimido, ansiosa para acalmá-lo e confortá-lo, mas ainda rejeitando mais do que nunca a ideia de se tornar sua esposa — uma ideia com a qual ela viu sua tia se reconciliando inconscientemente, dia após dia, ao perceber o poder da garota inglesa de acalmar e confortar o primo pelo simples tom de sua voz meiga e doce.

Ele segurou a mão de Lois.

— Deixe-me segurá-la! Isso me faz bem — disse ele. — Ah, Lois, quando estou perto de você, esqueço todos os meus problemas... Será que nunca chegará o dia em que você ouvirá a voz que fala comigo continuamente?

— Eu nunca a ouvi, primo Manasseh — disse ela suavemente —, mas não pense nas vozes. Conte-me sobre a terra que você espera cercar na floresta... Que tipo de árvore cresce nela?

Assim, por meio de perguntas simples a respeito de assuntos práticos, ela o conduziu de volta, em sua sabedoria inconsciente, aos temas sobre os quais Manasseh sempre demonstrara forte senso prático. Ele conversava com a maior discrição, isso até chegar a hora da oração familiar, que era cedo naqueles dias. Como chefe da família, um posto que sua mãe sempre quis atribuir a ele desde a morte do marido, cabia sempre a Manasseh conduzi-la. Ele rezava de maneira improvisada, e naquela noite suas súplicas se transformaram em fragmentos selvagens e desconexos em uma prece, que todos que estavam ajoelhados ao redor, cada um de acordo com sua ansiedade por quem estava orando, começaram a pensar que nunca terminariam. Os minutos se passaram e aumentaram para quartos de hora, e suas palavras apenas se tornaram mais enfáticas e selvagens, rezando somente para si mesmo e revelando os recessos de seu coração. Por fim, sua mãe se levantou e pegou Lois pela mão, pois tinha fé no poder de Lois sobre seu filho: achava-o semelhante ao poder que o pastor Davi, tocando sua harpa, tinha sobre o rei Saul, sentado em seu trono. Ela levou a garota até ele, onde estava ajoelhado de frente para o círculo, os olhos voltados para o alto, e a agonia em transe de seu rosto retratando a luta da alma perturbada de seu interior.

— A Lois está aqui — disse ela, quase com ternura; ela adoraria voltar ao seu quarto. (As lágrimas corriam pelo rosto da garota.) — Levante-se, termine de orar em seu quarto.

Vendo Lois perto dele, porém, o garoto se levantou em um salto, pulando para o lado.

— Leve-a embora, mãe! Não me deixe cair em tentação! Ela me traz pensamentos maus e pecaminosos. Ela me ofusca, mesmo na presença de Deus. Essa garota não é um anjo de luz, senão não faria isso. Ela me irrita com o som de uma voz me pedindo para eu me casar com ela, mesmo quando estou orando. Saia daqui! Leve-a embora!

Ele teria atacado Lois se a moça não tivesse recuado, consternada e amedrontada. A mãe, embora igualmente consternada, não se assustou. Ela o vira assim antes e sabia controlar seu paroxismo.

— Vá, Lois! Só de vê-la ele fica irritado, como costumava acontecer quando via Faith. Deixe que cuido disso!

Então Lois correu para o quarto e se jogou na cama como uma criatura ofegante que estava sendo perseguida. Faith foi atrás dela com passos lentos e pesarosos.

— Lois — disse ela —, pode me fazer um favor? Não é um trabalho árduo. Será que você poderia se levantar antes do amanhecer e levar esta carta minha para os aposentos do pastor Nolan? Eu mesma levaria, mas minha mãe me pediu para ir até ela, e pode ser que eu não possa ir antes de Hota ser enforcada; e a carta fala sobre questões de vida ou morte. Procure o pastor Nolan, onde quer que ele esteja, e converse com ele depois que ele ler a carta.

— Não teria como a Nattee levá-la? — perguntou Lois.

— Não! — retrucou Faith, com ferocidade. — Por que ela levaria?

Mas Lois não respondeu. Uma breve suspeita disparou pela mente de Faith, rápida como um raio. Nunca algo do tipo havia passado por sua cabeça.

— Responda, Lois! Eu leio seus pensamentos. Você prefere não ser a portadora desta carta?

— Eu a levarei — disse Lois humildemente. — Você disse que é uma questão de vida ou morte, sim?

— Isso! — respondeu Faith, em um tom de voz bem diferente. Mas, depois de uma pausa para pensar, acrescentou: — Então, assim que a casa ficar quieta, escreverei o que tenho a dizer e deixarei a carta aqui nessa cômoda; e você vai me prometer que a levará antes de o dia nascer por completo, enquanto ainda há tempo para agir.

— Sim, eu prometo — disse Lois.

E Faith conhecia a prima bem o bastante para ter certeza de que a ação seria realizada, embora houvesse relutância.

A carta foi escrita e colocada sobre a cômoda; e, antes que o dia amanhecesse, Lois já estava agitada, Faith a observando por entre as pálpebras semicerradas — pálpebras essas que não haviam sido totalmente fechadas durante o sono ao longo da noite. No instante em que Lois, com a capa e o capuz, saiu do quarto, Faith levantou-se e preparou-se para ir até a mãe, que, como era possível ouvir, já estava acordada. Quase todos em Salem estavam despertos, já dispostos naquela manhã terrível, embora poucos estivessem fora de casa enquanto Lois passava pelas ruas. E ali estava a forca erguida às pressas, a sombra preta atravessando a rua com uma relevância medonha; agora, Lois tinha que passar pela prisão com grades de ferro, pelas janelas sem vidros, de onde ela ouviu o grito medonho de uma mulher e o som de muitos passos. Ela se apressou, passando mal, quase desmaiando, e seguiu em direção à casa da viúva, onde o sr. Nolan estava hospedado. Ele já havia se levantado e ido até a prisão, acreditava sua anfitriã. Portanto, Lois, repetindo as palavras "questão de vida ou de morte!", obrigou-se a ir para lá. Refazendo seus passos, ela ficou grata ao vê-lo sair daqueles portões lúgubres, ainda mais por estarem imersos em uma sombra cerrada, logo que se aproximou. Ela não fazia ideia de qual era a tarefa dele; mas o pastor pareceu triste quando ela colocou a carta de Faith em suas mãos e ficou diante dele em silêncio, esperando ele ler a carta e proferir a resposta que ela esperava. Contudo, em vez de abri-la, ele apenas a segurou em mãos, aparentemente absorto nos próprios pensamentos. Por fim, disse em voz alta, mais para si mesmo do que para ela:

— Meu Deus! Então ela vai morrer nesse terrível delírio? Deve ser... Apenas um delírio pode provocar confissões tão selvagens e horríveis. Srta. Barclay, acabo de estar na presença da índia que condenaram à morte. Aparentemente, ela se considerou traída ontem à noite por sua sentença não ter sido suspensa, mesmo depois de ter confessado um pecado tão estrondoso que era capaz de fazer cair fogo do céu; e, ao que me parece, a raiva passional e impotente da criatura indefesa se transformou em loucura, pois ela me deixou apavorado com as revelações adicionais que fez aos guardas noturnos... a mim, nesta manhã. Quase consigo imaginar seus pensamentos, aprofundando a culpa que ela confessa para escapar desse último castigo, o mais terrível de todos. Como se, caso houvesse um pingo de verdade no que ela diz, pudéssemos permitir que a pecadora vivesse. E ainda mandá-la para a morte nesse estado insano de terror! O que há para se fazer?

— Mas a Escritura diz que não devemos tolerar bruxas na terra — disse Lois, devagar.

— É verdade; eu só pediria uma breve trégua até que as preces do povo de Deus alcançassem o céu para

Sua misericórdia. Alguns rezariam por ela, pobre coitada como é. Você rezaria, srta. Barclay, não? — Mas ele perguntou em um tom questionador.

— Rezei muito por ela durante a noite — disse Lois, baixinho. — Agora mesmo, rezo por ela em meu coração; acho que são obrigados a expulsá-la da terra, mas eu não gostaria que ela fosse totalmente abandonada por Deus. Mas, senhor, acontece que ainda não leu a carta da minha prima. E ela me pediu para voltar com uma resposta com bastante urgência.

Mesmo assim, ele se demorou. Estava pensando na terrível confissão que ouvira. Se fosse verdade, a bela terra era um lugar poluído, e ele quase desejava morrer a fim de escapar dessa poluição, para ir em direção à inocência daqueles que estavam na presença de Deus.

De repente, seus olhos caíram sobre o rosto sério e puro de Lois, virado para cima, observando o dele. A fé na bondade terrena tomou conta de sua alma naquele instante, "e ele a abençoou sem saber".

Ele pôs a mão no ombro da garota, em um gesto meio paternal — embora a diferença de idade deles não passasse de doze anos — e, inclinando-se de leve para ela, sussurrou, meio para si mesmo:

— Srta. Barclay, você me fez muito bem.

— Eu! — exclamou Lois, um pouco assustada. — Fiz bem ao senhor? Como?

— Sendo quem você é. Mas talvez eu deva agradecer a Deus, que a enviou no exato momento em que minha alma estava tão aflita.

Neste instante, perceberam que Faith estava parada na frente deles, com um semblante de ira. Seu olhar zangado fez Lois se sentir culpada. Ela não havia insistido o bastante para que o pastor lesse a carta da prima, ela pensou; e foi a indignação com essa demora no que ela havia sido incumbida de fazer com a urgência da vida e da morte que fez sua prima baixar as sobrancelhas pretas e retas. Lois explicou que não havia encontrado o sr. Nolan em seus aposentos e teve que o seguir até os portões da prisão. Mas Faith lhe respondeu, com obstinado desprezo:

— Poupe seu fôlego, prima Lois! É fácil saber sobre quais assuntos agradáveis você e o pastor Nolan estavam conversando. Não fico admirada pelo seu esquecimento. Mudei de ideia. Devolva minha carta, senhor; era sobre um assunto insignificante: a vida de uma senhora. E o que é isso comparado ao amor de uma jovem garota?

Lois escutou apenas por um instante; não entendia que a prima, em sua raiva ciumenta, suspeitava da existência de um sentimento como amor entre ela e o sr. Nolan. A possibilidade sequer passava pela cabeça de Lois; ela o respeitava, quase o reverenciava — não apenas isso: gostava dele como o provável marido de Faith. Ao imaginar que a prima poderia crer que Lois era a culpada por tamanha traição, seus olhos grandes se arregalaram e se fixaram no semblante flamejante de Faith. Aquele jeito sério, sem protestos, de uma inocência perfeita devia ter influenciado sua acusadora, não fosse o fato de, no mesmo instante, ela ter notado o semblante vermelho e perturbado do pastor, que sentiu o véu rasgar o segredo inconsciente de seu coração. Faith arrancou a carta das mãos dele e falou:

— Deixe enforcarem a bruxa! Que diferença faz? Ela já causou mal o bastante com seus encantos e sua feitiçaria nas filhas do pastor Tappau. Deixe-a morrer e deixe todas as outras bruxas cuidarem de si mesmas; pois há inúmeros tipos de bruxaria. Prima Lois, gostaria de ficar com o pastor Nolan ou me acompanharia de volta pro café da manhã?

Lois não se deixaria intimidar pelo sarcasmo ciumento da prima. Estendeu a mão para o pastor Nolan, determinada a não dar atenção às palavras malucas de Faith, e se despediu dele da maneira de sempre. Ele hesitou antes de segurar a mão dela; mas, quando o fez, foi com um aperto convulsivo que quase a fez estremecer. Faith esperava, observando tudo, os lábios apertados e os olhos vingativos. Ela não se despediu; não disse uma palavra; mas, agarrando Lois com força por trás do braço, quase a puxou o caminho inteiro até chegarem em casa.

O cronograma daquela manhã era o seguinte: Grace Hickson e seu filho, Manasseh, estariam presentes no enforcamento da primeira bruxa executada em Salem, como devotos e piedosos chefes de família. Todos os outros membros da casa foram estritamente proibidos de sair, até o momento em que o sino baixo anunciasse que tudo havia acabado neste mundo para Hota, a bruxa indígena. Quando a execução terminasse, haveria uma solene reunião de oração com todos os habitantes de

Salem; pastores vieram de longe para ajudar com a eficácia de suas preces, esforçando-se para purgar a terra do diabo e de seus servos. Havia motivos para acreditar que a grande e velha casa de orações ficaria lotada; e, quando Faith e Lois chegaram em casa, Grace Hickson estava instruindo Prudence, pedindo a ela para que ficasse pronta para sair cedo. A severa senhora sofria de antemão pelo que veria em poucos minutos, e falava de um jeito ainda mais apressado e incoerente do que de costume. Ela estava usando seu melhor traje dominical; mas o rosto estava bastante cinza, desprovido de cor, e parecia que ela tinha medo de parar de falar sobre assuntos domésticos, porque assim teria tempo para pensar. Manasseh ficou ao lado dela, parado perfeita e rigidamente; ele também vestia trajes dominicais. Seu rosto, como o da mãe, estava mais pálido do que de costume; mas havia um tipo de expressão ausente e extasiada em seu rosto, quase como a expressão de um homem que tivera uma visão. Quando Faith entrou, ainda segurando o braço de Lois com força, Manasseh se assustou e abriu um sorriso — ainda com o mesmo rosto sonhador. Sua postura estava tão peculiar que até a mãe parou de tagarelar para observá-lo mais de perto; ele estava naquele estado de entusiasmo que geralmente terminava no que sua mãe e algumas de suas amizades consideravam uma revelação profética. Ele começou a falar, a princípio bem baixinho, e então sua voz ficou mais forte:

— Que linda a terra de Beulah ao longe, pra além do mar, pra trás das montanhas! Pra lá, os anjos a carregam, deitada em seus braços como alguém desmaiado. Eles beijarão o círculo escuro da morte e a deitarão aos pés do Cordeiro. Eu a ouço implorando por aqueles que na terra consentiram com sua morte. Ó Lois! Reze também por mim, reze por mim, que sou um miserável!

Quando ele proferiu o nome da prima, todos os olhos se voltaram para ela. A visão falava dela! Lois ficou entre eles, espantada, assombrada, mas não como alguém assustado ou consternado. A garota foi a primeira a falar:

— Queridos amigos, não pensem em mim; as palavras dele podem ou não ser verdadeiras. De qualquer forma, estou nas mãos de Deus, quer ele tenha o dom da profecia ou não. Além do mais, não ouviram que eu termino onde todos de bom grado terminam? Pensem nele, em suas necessidades! Momentos assim sempre o deixam exausto e cansado, e ele os supera.

E ela se ocupou em preparar a refeição dele, auxiliando as mãos trêmulas da tia a colocar diante dele o alimento necessário, aproveitando que ele estava sentado, cansado e confuso reunindo com dificuldade seus sentidos dispersos.

Prudence fez tudo o que pôde para ajudar, a fim de sair mais rápido. Mas Faith ficou a distância, observando em silêncio com seus olhos passionais e raivosos.

Assim que partiram para sua missão solene e fatídica, Faith saiu do cômodo. Não provou a comida nem tocou na bebida. Na verdade, todos se sentiam mal em seus corações. Logo que a irmã subiu a escada, Prudence correu para o banco em que Lois havia jogado sua capa e o capuz.

— Empreste-me seu cachecol e a capa, prima Lois. Nunca vi uma mulher enforcada, e não vejo razão para não ir. Ficarei no fundo da multidão; ninguém me reconhecerá e chegarei em casa muito antes da minha mãe.

— Não! — disse Lois. — Nem pensar. Minha tia ficaria muito descontente. Fico admirada por você, Prudence, estar tentando testemunhar esse tipo de coisa. — E, enquanto falava, segurava a capa, pela qual Prudence lutou veementemente.

Faith retornou, possivelmente devido ao som da briga. Ela abriu um sorriso mortal.

— Desista, Prudence. Não lute mais contra ela. Ela comprou o sucesso neste mundo, e não passamos de suas escravas.

— Ah, Faith — disse Lois, largando a capa e virando-se com reprovação veemente no olhar e na voz —, o que foi que eu fiz pra você falar assim de mim? Logo você, que eu amei como acredito que se ama uma irmã.

Prudence não perdeu a oportunidade, mas, com pressa, vestiu a capa, que era grande demais para ela e que, por isso, considerou adequada para passar despercebida; todavia, no caminho até a porta, seus pés se enroscaram no comprimento incomum, e ela caiu, machucando o braço com força.

— Da próxima vez, tome cuidado antes de mexer nas coisas de uma bruxa — disse Faith, como alguém que mal acredita nas próprias palavras, mas demonstrando animosidade para todo o mundo em seu coração amargo e ciumento.

Prudence esfregou o braço e lançou um olhar furtivo para Lois.

— Bruxa Lois! Bruxa Lois! — murmurou, baixinho, por fim fazendo uma careta infantil e despeitosa para ela.

— Ah, fique quieta, Prudence! Não diga palavras tão terríveis! Deixe-me ver seu braço. Sinto muito por você ter se machucado; só fico feliz por isso ter impedido você de desobedecer à sua mãe.

— Afaste-se, afaste-se! — vociferou Prudence, voando para longe dela. — Tenho mesmo medo dela, Faith. Fique entre mim e a bruxa, se não vou jogar um banquinho nela.

Faith abriu um sorriso — era um sorriso mau e perverso —, mas não se mexeu para acalmar os medos que havia despertado na irmã mais nova, e, neste exato momento, o sino começou a tocar. Hota, a bruxa indígena, estava morta. Lois cobriu o rosto com as mãos. Até mesmo Faith ficou mais pálida do que antes e disse, com um suspiro:

— Pobre Hota! Mas era melhor a morte.

Prudence era a única que parecia indiferente a quaisquer pensamentos relacionados ao som solene e monótono. Sua única consideração era que agora poderia sair na rua e ver paisagens, e ouvir as notícias, e escapar do terror que sentia na presença da prima. Ela voou escada acima para pegar sua própria capa, correu para o andar de baixo mais uma vez e passou por Lois antes que a garota inglesa terminasse de rezar. Rapidamente, misturou-se à multidão, que se dirigia à casa de orações. Faith e Lois também foram para lá no devido tempo, mas separadamente, não juntas. Era evidente que Faith estava evitando Lois, tanto que a garota, humilhada e triste, não conseguiu forçar a prima a fazer companhia para ela e acabou ficando um pouco para trás — as lágrimas silenciosas escorrendo pelo rosto, derramadas devido aos muitos acontecimentos daquela manhã.

A casa de orações estava sufocante; e, como por vezes acontece nessas ocasiões, havia mais aglomeração perto das portas do que em outros lugares, isso porque poucos viram, assim que chegaram, onde havia espaço para se enfiar. Contudo, as pessoas estavam impacientes com a chegada de qualquer um de fora, então empurraram e acotovelaram Faith e, em seguida, Lois, até que elas foram forçadas a ir para um lugar bem visível no centro da casa, onde não havia lugar para se sentarem, mas ainda havia espaço para ficarem de pé. Muitos se amontoavam ao redor, o púlpito no meio, já ocupado por dois pastores em faixas e becas calvinistas, enquanto outros, vestidos de maneira semelhante, agarravam-se nele, quase como se estivessem dando apoio em vez de recebê-lo. Grace Hickson e o filho estavam decorosamente sentados, cada um em seu próprio banco, indicando que haviam chegado cedo na execução. Pela expressão nos rostos dos ali presentes, era possível contar quantos presenciaram o enforcamento da bruxa indígena. Essas pessoas foram atingidas por um terrível sufrágio; já as outras, ainda entrando na casa, e as quais não haviam visto a execução, pareciam inquietas, animadas e impetuosas. Um burburinho circulou na congregação: o pastor estranho que estava junto com o pastor Tappau no púlpito não era outro senão o próprio dr. Cotton Mather, vindo de Boston a fim de ajudar a expurgar as bruxas de Salem.

E agora o pastor Tappau começou a rezar, de improviso, como costumava fazer. Suas palavras saíram frenéticas e incoerentes, como seria de se esperar de um homem que acabara de consentir com a morte sangrenta de alguém que, poucos dias antes, fazia parte de sua própria família; as palavras pareciam violentas e passionais, como era de se esperar, vindas do pai das garotas que, como o pastor acreditava, tanto sofriam pelo crime que ele denunciara perante o Senhor. Então, ele se sentou por um bom tempo, exausto. E o dr. Cotton Mather tomou seu lugar; não disse mais do que poucas palavras ao rezar, de maneira calma em comparação ao que viera antes dele, e logo passou a se dirigir à grande multidão diante de si, silenciosa e tranquilamente, mas organizando as palavras com o mesmo tipo de habilidade que Marco Antônio usou em seu discurso aos romanos após o assassinato de César. Algumas das palavras do dr. Mather foram preservadas para nós, pois ele as escreveu posteriormente em uma de suas obras. Falando daqueles "saduceus incrédulos" que duvidavam da existência de tal crime, ele disse:

— Em vez dos gritos e zombarias simiescos para as Escrituras sagradas, e histórias que têm confirmação indubitável de que nenhum homem que tenha educação o bastante para respeitar as leis comuns da sociedade humana duvidará delas, cabe a nós adorar a bondade de Deus, que pela boca de bebês e crianças que mamam no peito determinou a verdade, e, por meio das filhas aflitas de seu pastor tão devoto, revelou o fato de que os demônios, com as mais horríveis operações, têm invadido nossa vizinhança. Roguemos a Ele que o poder dos demônios seja restringido e que eles não vão tão longe em suas maquinações malignas, como fizeram quatro anos atrás na cidade de Boston, onde fui humildemente guiado por Deus para libertar do poder de Satanás os quatro filhos daquele homem religioso e abençoado, o sr. Goodwin. As quatro crianças cheias da graça foram enfeitiçadas por uma bruxa irlandesa; não teria como citar todos os tormentos a que tiveram de se submeter. Em um momento, latiam como cachorros; em outro, ronronavam como gatos; sim, eles voavam como gansos, e eram carregados com uma rapidez incrível, os dedos dos pés apenas de vez em quando tocando o chão, às vezes nem uma vez ao longo de seis metros, e seus braços balançavam como se fossem pássaros. Todavia, em outras ocasiões, pelos artifícios infernais da mulher que os enfeitiçara, não conseguiam se mexer nem mancar; pois, por meio de uma corrente invisível, ela agarrava seus membros, às vezes por meio de um laço que quase os sufocava. Uma dessas crianças, particularmente, foi submetida por essa mulher de Satanás a um calor tão forte quanto o de um forno, e eu mesmo vi o suor escorrer da testa dela enquanto tudo ao redor estava moderadamente frio e bem fresco. Mas, para não os incomodar com mais de minhas histórias, irei provar que foi o próprio Satanás que exercia poder sobre ela. Foi uma coisa muito marcante: aquele espírito maligno não permitia que ela lesse um livro religioso ou que mostrasse devoção a Deus, que falasse a verdade que há em Jesus. Ela podia ler livros papistas sem problemas, contudo sua visão e sua fala pareceram falhar com ela quando a presenteei com o Catecismo da Assembleia. Além disso, ela gostava do prelatício Livro de Oração Comum, que é o missal romano, porém escrito em inglês, de forma ímpia. No meio de seus sofrimentos, a mulher ficava bastante aliviada se alguém colocasse o livro de orações em sua mão. Contudo, veja bem, ela nunca conseguia ler o pai-nosso, independentemente do livro em que o encontrasse, provando assim distintamente que ela estava aliada ao diabo. Eu a levei para a minha própria casa, para que eu, assim como fez o dr. Martinho Lutero, pudesse lutar contra o diabo, aventurando-me contra ele. No entanto, quando chamei minha família para orar, os demônios que a possuíam a fizeram assobiar, cantar e gritar de um modo dissonoro e infernal.

Neste exato instante, um assobio estridente e claro trespassou os ouvidos de todos. O dr. Mather fez uma pausa.

— Satanás está entre vocês! — vociferou ele. — Fiquem de olho em si mesmos!

E ele rezou com fervor, como se enfrentasse um inimigo presente e ameaçador; mas ninguém lhe deu ouvidos. De onde veio aquele assobio sinistro e sobrenatural? Todos observavam seus próximos. O barulho soou mais uma vez, bem no meio deles! E então um alvoroço no canto da casa: três ou quatro pessoas estavam se mexendo, sem nenhuma causa imediatamente perceptível aos olhos distantes. O movimento se espalhou, e logo depois uma passagem foi liberada para dois homens em meio à multidão densa; eles carregavam Prudence Hickson, rígida como um tronco, na posição convulsiva de quem sofre um ataque epiléptico. Eles a deitaram entre os pastores reunidos ao redor do púlpito. Grace foi ao socorro da filha, lançando um grito de lamento ao vê-la retorcida. O dr. Mather desceu do púlpito e ficou de pé sobre ela, exorcizando a possessão demoníaca, como se estivesse acostumado àquilo. A multidão avançava em um horror mudo. Por fim, a rigidez cedeu do corpo e das feições de Prudence, e ela foi terrivelmente convulsionada — dilacerada pelo diabo, como diziam. Aos poucos, a violência do ataque acabou, e os presentes começaram a respirar mais uma vez, muito embora o antigo horror pairasse sobre eles, e eles aguardaram o súbito assobio ameaçador novamente, olhando ao redor com medo, como se Satanás estivesse atrás deles, escolhendo a próxima vítima.

Enquanto isso, o dr. Mather, o pastor Tappau e um ou dois outros pastores exortavam Prudence a revelar, se pudesse, o nome da pessoa, a bruxa que, por influência de Satanás, havia submetido a criança à tortura, como aquela que haviam acabado de testemunhar. Ordenaram que ela falasse em nome do Senhor. Ela, então, sussurrou um nome, a voz baixa de exaustão. Ninguém da congregação conseguiu ouvir o que era. Mas o pastor Tappau, ao ouvir isso, recuou consternado, enquanto o dr. Mather, não sabendo a quem pertencia o nome, exclamou, em uma voz clara e fria:

— Conhecem uma tal de Lois Barclay? Pois foi ela quem enfeitiçou essa pobre criança.

A resposta da multidão foi mais por ações do que por falas, embora muitos cochichassem baixinho. Mas todos recuaram — tanto quanto era possível, devido à aglomeração — de Lois Barclay, de onde ela estava, e a encararam com surpresa e horror. Um espaço de alguns metros, no mesmo lugar onde um minuto atrás não parecia haver possibilidade de ficar sem gente, deixou Lois isolada, todos os olhos fixos nela, com ódio e pavor. Ela não sabia o que dizer, como se estivesse com a língua presa, como se estivesse sonhando. Ela, uma bruxa! Amaldiçoada como as bruxas eram aos olhos de Deus e dos homens! Seu rosto liso e saudável agora estava murcho e pálido; mas ela não disse nada, apenas olhou para o dr. Mather com os olhos arregalados e aterrorizados.

Então, alguém disse:

— Ela mora na casa de Grace Hickson, uma mulher temente a Deus.

Lois não sabia se as palavras vinham a seu favor ou não. Sequer pensava nelas; diziam tanto a seu respeito quanto a respeito de qualquer um dos presentes. Ela, uma bruxa! E o rio Avon, reluzente e prateado, e a mulher se afogando que ela vira na infância, em Barford — em casa, na Inglaterra —, estavam diante dela, e seus olhos caíram diante de sua condenação. Houve uma comoção, um farfalhar de papéis; os magistrados da cidade se aproximavam do púlpito e consultavam os pastores. O dr. Mather se pronunciou novamente:

— A índia que foi enforcada nesta manhã disse o nome de algumas pessoas que ela declarou ter visto nas horríveis reuniões para adorar Satanás; mas não há nenhuma menção ao nome de Lois Barclay no papel, embora fiquemos impressionados ao ver o nome de alguns... — Houve uma interrupção — uma consulta. O dr. Mather voltou a falar: — Tragam a bruxa acusada, Lois Barclay, para perto dessa pobre criança sofredora de Cristo.

As pessoas correram para forçar Lois a ir até onde Prudence estava. Mas Lois se encaminhou sozinha até a frente.

— Prudence — disse ela, com uma voz tão meiga e comovente que, muito tempo depois, aqueles que a ouviram falar naquele dia falariam disso para seus filhos. — Eu já disse alguma palavra indelicada para você, já lhe fiz algum mal? Diga, querida garota! Você não faz ideia do que disse agora pouco, faz?

Mas Prudence se contorceu ao se aproximar dela e gritou, como se tomada por uma nova agonia:

— Levem-na embora! Levem-na embora! Bruxa Lois! Bruxa Lois, que me derrubou esta manhã e deixou meu braço roxo.

E ela desnudou o braço, como se confirmasse suas palavras. Ele estava muito machucado.

— Eu não estava perto de você, Prudence! — defendeu-se Lois, com tristeza.

Mas isso foi considerado apenas uma nova evidência de seu poder diabólico.

A mente de Lois começou a ficar confusa. "Bruxa Lois!" Ela, uma bruxa, abominada por todos os homens! Ainda assim, tentaria pensar, faria mais um esforço.

— Tia Hickson — disse ela, e Grace se aproximou. — Eu sou uma bruxa, tia Hickson?

Sua tia, por mais severa, difícil e sem amor que pudesse ser, era a personificação da verdade, e Lois pensou — tão perto do delírio que havia chegado — que se sua tia a condenasse, era possível que ela realmente fosse uma bruxa.

Grace Hickson a encarou de má vontade.

Será uma mancha em nossa família para sempre, foi o que passou por sua mente.

— Cabe a Deus julgar se você é uma bruxa ou não. Não cabe a mim.

— Ó não, ó não! — gemeu Lois; pois havia olhado para Faith e descoberto que não poderia esperar nenhuma boa palavra de seu rosto sombrio e de seus olhos desviados.

A casa de orações estava cheia de vozes ansiosas, reprimidas por respeito ao lugar, e murmúrios sinceros que pareciam encher o ambiente com clamores raivosos; e aqueles, que a princípio recuaram do lugar onde Lois estava, agora avançavam e a cercavam, prontos para agarrar a jovem desamparada e jogá-la na prisão. Aqueles que poderiam e deveriam ter sido seus amigos, mostravam-se indiferentes ou avessos a ela, embora somente Prudence a tenha incriminado abertamente. Aquela garota maligna gritava perpetuamente que Lois havia lançado um feitiço diabólico sobre ela, e pedia que mantivessem a bruxa a distância; e, de fato, Prudence ficava estranhamente convulsionada quando, uma ou duas vezes, os olhos perplexos e melancólicos de Lois se voltavam em sua direção. Aqui e ali, meninas e mulheres, soltando gritos estranhos e aparentemente sofrendo do mesmo tipo de ataque convulsivo que Prudence, formavam grupos agitados, que murmuravam extensa e ferozmente sobre bruxaria e sobre a lista que havia sido anotada na noite anterior, vinda dos lábios da própria Hota. Exigiam que a lista se tornasse pública e se opuseram às formas lentas da lei. Outras, não tão interessadas — ou pelo menos não diretamente interessadas — quanto a quem estava sofrendo, ajoelhavam-se, rezando em voz alta por si mesmas e por suas próprias seguranças, até que o clamor fosse tão baixo que permitisse que o dr. Cotton Mather fosse novamente ouvido em suas preces e na exortação.

E onde estava Manasseh? O que ele estava dizendo? Você deve se lembrar de que a agitação do clamor, a acusação, as súplicas dos acusados, tudo parecia acontecer ao mesmo tempo, em meio ao burburinho e ao barulho das pessoas que haviam vindo adorar a Deus, mas permaneceram para julgar e repreender seus semelhantes. Até então, Lois apenas tivera um vislumbre de Manasseh, que aparentemente estava tentando avançar pela multidão, mas sua mãe o estava segurando através de palavras e ações, e Lois sabia que ela o impediria; afinal, não era a primeira vez que ela se dava conta de com quanto cuidado sua tia sempre protegera a boa reputação do filho entre os concidadãos, afastando a menor suspeita de seus períodos de excitação e insanidade incipientes. Em dias assim, quando ele mesmo imaginava ouvir vozes proféticas e ter visões do mesmo tipo, sua mãe fazia de tudo para impedir que alguém além de sua própria família o visse; e agora Lois, por um processo mais rápido do que o raciocínio, teve certeza, ao lançar um único olhar para o rosto dele quando o encontrou — sem cor e deformado pela intensidade da expressão — no meio de vários outros, todos simplesmente corados e zangados, que ele estava naquele estado, e sua mãe faria o possível para impedir que o filho fosse visto assim. Fosse lá o que Grace tenha usado, a força ou o argumento, foi inútil. Pouco depois, ele estava ao lado de Lois, gaguejando de excitação e prestando um vago testemunho, que teria sido de pouco valor em um tribunal de justiça — foi apenas a lenha para a fogueira latente daquela audiência.

"Prendam-na!", "Cacem as bruxas!", "O pecado se espalhou por todas as famílias!", "Satanás está bem no meio de nós!", "Batam sem dó!". Em vão, o dr. Cotton

Mather ergueu a voz em preces altas, nas quais assumiu a culpa da garota acusada; ninguém dava atenção, todos ansiosos para agarrar Lois, como se temessem que ela desaparecesse diante de seus olhos: ela — branca, trêmula, imóvel —, nas garras de homens estranhos e ferozes, os olhos arregalados vagando de vez em quando em busca de algum rosto piedoso — um rosto piedoso que, em meio a todas aquelas centenas, não foi encontrado. Enquanto alguns buscavam cordas para prendê-la; outros, por meio de perguntas proferidas bem baixinho, sugeriam novas acusações ao cérebro debilitado de Prudence, e estavam ouvindo Manasseh mais uma vez. Dirigindo-se ao dr. Cotton Mather, ele falou, evidentemente ansioso para esclarecer algum novo argumento que acabaram de sugerir a ele:

— Senhor, em se tratando disso, do fato de ela ser uma bruxa ou não, o fim foi-me anunciado pelo espírito da profecia. Agora, reverendo senhor, se a questão é conhecida pelo espírito, deve ter sido predestinada nos conselhos de Deus. Sendo assim, por que puni-la por fazer algo em que ela não tinha livre-arbítrio?

— Meu jovem — começou a dizer o dr. Mather, curvando-se do púlpito e olhando diretamente para Manasseh —, vigie! Você está a ponto de blasfemar.

— Eu não me importo. E repito. Ou Lois Barclay é uma bruxa ou não é. Se ela for, já estava predestinado que fosse, pois tive uma visão, muitos meses atrás, de sua morte por ter sido julgada por bruxaria, e a voz me disse que havia apenas uma escapatória para ela. Lois... você sabe da voz...

Em sua excitação, ele começou a divagar um pouco; mas era comovente ver como estava ciente de que, ao ceder, perderia o fio do argumento lógico pelo qual esperava provar que Lois não deveria ser punida, e com que esforço afastava sua imaginação das antigas ideias e procurava concentrar sua mente inteira no seguinte argumento: se Lois era uma bruxa, isso havia sido mostrado a ele em uma profecia; e, se houve profecia, deve haver presciência; se há presciência, há predestinação; se há predestinação, não há exercício de livre-arbítrio; e, portanto, Lois não era justamente passível de punição.

Ele prosseguiu, mergulhando em heresia, sem se importar, ficando cada vez mais entusiasmado a cada instante, mas direcionando seu entusiasmo para argumentos mordazes e sarcasmos desesperados, em vez de permitir que isso estimulasse sua imaginação. Até mesmo o dr. Mather sentiu que estava a ponto de ser derrotado na presença da própria congregação, que, apenas meia hora antes, o considerava infalível. Mantenha o coração bondoso, Cotton Mather! O olho de seu oponente começou a brilhar e piscar com um lampejo terrível, mas incerto — seu discurso estava ficando menos coerente, e os argumentos se misturaram com vislumbres insensatos de revelações mais insensatas ainda, feitas apenas para ele. Ele chegou ao limite: invadiu as fronteiras da blasfêmia. E, com um terrível grito de horror e reprovação, a congregação se levantou, como um só homem, contra o blasfemador. O dr. Mather abriu um sorriso lúgubre; e o povo estava pronto para apedrejar Manasseh, que continuou, independentemente disso, a falar e a delirar.

— Chega, chega! — vociferou Grace Hickson. A vergonha familiar que a levou a esconder do conhecimento público o misterioso infortúnio de seu único filho tinha sido completamente eliminado pela sensação de temor pela vida dele. — Não toquem nele! Ele não sabe o que está dizendo. Ele está tendo um ataque. Estou lhes dizendo a verdade perante Deus. Meu filho, meu único filho, está louco.

Eles ficaram horrorizados com a informação. O cidadão jovem e sério, que havia silenciosa e diariamente passado a vida ao lado deles — não se misturando muito, de fato, mas talvez os admirando ainda mais —, o estudante de livros obscuros de teologia, capaz de conversar com os pastores mais eruditos que já vieram por aqueles lados, era o mesmo homem que agora lançava palavras desenfreadas para Lois, a bruxa, como se os dois fossem os únicos presentes? Pensaram em uma solução para o caso. Ele era outra vítima. Grande era o poder de Satanás! Por artes do diabo, aquela estátua branca em forma de garota havia dominado a alma de Manasseh Hickson. Assim, a informação se espalhou no boca a boca. E Grace a ouviu. Parecia um bálsamo feito para curar sua vergonha. Com obstinada e desonesta cegueira, ela não enxergava — nem mesmo no fundo de seu coração ela reconhecia — que Manasseh começou a agir de maneira estranha, mal-humorada e violenta muito antes de a garota inglesa chegar a Salem. Ela até mesmo encontrou um motivo ilusório para sua tentativa de suicídio de muito tempo atrás: ele estava se recuperando de uma febre, e, embora estivesse razoavelmente bem de saúde, o delírio ainda não o havia abandonado. Desde a chegada de Lois, no entanto, por vezes ele era tão obstinado! Tão irracional! Tão temperamental! Que estranha ilusão era aquela sob a qual ele estava — a ilusão de ser orientado por certa voz a se casar com ela! Ele a seguia e se agarrava tanto nela, como se estivesse sob uma compulsão de afeto! E acima de tudo reinava a ideia de que, se ele estava realmente sofrendo por causa da bruxaria, ele não estava louco e poderia voltar a assumir a posição honrosa que já havia ocupado na congregação e na cidade quando o feitiço caísse por terra. Sendo assim, Grace cedeu à própria ideia, a de que Lois Barclay enfeitiçara tanto Manasseh quanto Prudence, e a incutiu nos outros. E a consequência de tal crença foi que Lois seria julgada, com pouco a seu favor, para verem se ela era uma bruxa ou não; e, se fosse uma bruxa, queriam saber se ela confessaria, incriminaria os outros, se arrependeria e viveria uma vida de pura vergonha, evitada por todos os homens e cruelmente tratada pela maioria, ou morreria impenitente, imutável, negando o crime na forca.

E, dessa forma, arrastaram Lois da congregação de cristãos para levá-la à cidade, a fim de aguardarem seu julgamento. Digo "arrastaram" porque, embora ela fosse obediente o bastante para segui-los até onde quisessem, ela estava tão fraca que precisava de força externa... Pobre Lois! Ela deveria ter sido carregada e atendida com amor, dada sua exaustão, mas em vez disso foi extremamente detestada pelo povo, que a considerava cúmplice de Satanás em todas as suas ações malignas; importavam-se com ela tanto quanto um menino descuidado se importa com a maneira que carrega o sapo que ele vai jogar por cima do muro.

Quando Lois recuperou todos os sentidos, ela se viu deitada em uma cama pequena e dura, em um quarto escuro e quadrado, e ela imediatamente soube que deveria estar na cadeia da cidade. Cada lado do quarto media cerca de dois metros e meio; havia paredes de pedra por todos os lados e uma abertura gradeada acima de sua cabeça, bem no alto, deixando entrar toda a iluminação e o ar do cômodo através de um quadradinho de mais ou menos trinta centímetros. Era tão solitário, tão escuro para aquela pobre garota, que ela saiu lenta e dolorosamente após ficar desacordada por tanto tempo. Ela ansiava por ajuda humana naquela luta que sempre sobrevém após um desmaio; quando o esforço é para se agarrar à vida, e o esforço parece maior que a vontade. A princípio, ela não entendeu onde estava; não entendeu como tinha ido parar ali; nem se preocupava em entender. Seu instinto físico era ficar deitada, imóvel, e deixar que os batimentos acelerados tivessem tempo para se acalmar. Em seguida, fechou os olhos outra vez. Devagar, muito devagar, a lembrança do ocorrido na casa de preces se transformou em um tipo de imagem diante dela. Ela viu dentro das pálpebras, por assim dizer, aquele mar de rostos, cheios do mais puro ódio, voltados em sua direção, como se estivessem de frente para algo impuro e repugnante. E você deve se lembrar — você, que leu este relato no século XIX — de que a bruxaria era um pecado terrível para ela, Lois Barclay, duzentos anos atrás. A expressão de seus rostos, gravada no coração e no cérebro, despertava nela um tipo estranho de compaixão. Seria... Meu Deus! Seria verdade que Satanás exercera seu poder terrível, sobre o qual ela ouvira e lera, sobre ela e sua vontade? Seria mesmo possível que Lois estivesse possuída por um demônio e fosse mesmo uma bruxa, e ainda assim não tivesse percebido até então? E sua imaginação animada a lembrou, com uma vivacidade singular, de tudo o que ela já ouvira a respeito disso: o horrível sacramento da meia-noite, a própria presença e o poder de Satanás. Portanto, lembrando-se de cada pensamento odioso contra o próximo — contra as impertinências de Prudence, a autoridade de sua tia, o louco e perseverante assédio de Manasseh, sua indignação — apenas naquela manhã, mas em tempos tão distantes no tempo real... na injustiça de Faith. Ah, será que os pensamentos malignos poderiam ter adquirido o poder diabólico dado a eles pelo pai do mal e, sem perceber, ela ter lançado maldições ativas no mundo? E assim as ideias continuaram correndo loucamente pela mente da pobre garota — a garota jogada para dentro de si mesma. Por fim, a pontada de sua imaginação a obrigou a se mexer com impaciência. O que era isso? Um peso de ferro em suas pernas — um peso, como declarou posteriormente o carcereiro da prisão de Salem, que "não pesava mais do que quatro quilos". Foi bom para Lois ver que isso era um mal tangível, pois fez com que ela voltasse do deserto selvagem e ilimitado onde sua imaginação vagava. Ela agarrou o ferro, viu sua meia rasgada, o tornozelo machucado e começou a chorar lamentavelmente, sentindo uma estranha compaixão por si mesma. Eles temiam, então, que mesmo naquela cela ela encontrasse uma maneira de escapar. Ora, a impossibilidade totalmente ridícula a convenceu de sua própria inocência e de sua ignorância em relação a todo poder sobrenatural; e o ferro pesado, de um jeito estranho, a trouxe de volta das ilusões que pareciam estar se acumulando ao seu redor.

Não! Ela nunca poderia sair voando de um calabouço profundo; não havia escapatória para ela, nem natural, nem sobrenatural, a não ser pela misericórdia dos homens. E o que era a misericórdia dos homens em um momento de pânico? Lois sabia que não era nada. O instinto, mais que a razão, lhe ensinou que o pânico desperta a covardia, que, por sua vez, desperta a crueldade. Ainda assim, quando se viu acorrentada chorou, deixando as lágrimas escorrerem livremente pela primeira vez. Parecia algo tão cruel, como se seus irmãos já tivessem aprendido a odiá-la e desprezá-la. Sabia que já tinha tido pensamentos de raiva, que Deus a perdoasse! Mas tais pensamentos nunca tinham se transformado em palavras, menos ainda em ações. Ela ainda conseguia amar a todos da família com quem morava se ao menos eles permitissem que fizesse aquilo. Ainda assim, embora sentisse que tinha sido a acusação aberta de Prudence e as justificativas contidas da tia e de Faith que a tinham levado à situação difícil em que se encontrava, ela se perguntava: eles viriam visitá-la? Pensariam nela com carinho depois de meses e meses em que compartilharam com ela o pão de cada dia? E esses pensamentos os fariam vir visitá-la e perguntar se tinha sido realmente ela quem causara a doença de Prudence e a loucura de Manasseh? Ninguém apareceu.

Pão e água foram empurrados por alguém que rapidamente destrancou e trancou a porta, sem se preocupar se tinha chegado ao alcance da prisioneira ou talvez porque acreditasse que aquela limitação física não importava muito para uma bruxa. Demorou muito para que Lois conseguisse alcançar; e ela ainda ficou com a fome natural dos jovens, o que a fez ficar deitada no chão, cansada demais pelos esforços de obter o pão. Depois de comer um pouco, o dia começava a passar e ela pensou em se deitar e tentar dormir, mas, antes de fazer isso, o carcereiro a ouviu cantar o hino noturno de louvor:

Glória a ti, meu Deus, nesta noite,
Por todas as bênçãos de luz que trouxe.

E um pensamento idiota apareceu na mente idiota do homem: se ela estava grata por algumas bênçãos, se conseguia afinar a voz para cantar louvores depois de um dia como aquele, se ela fosse uma bruxa, seria uma detecção vergonhosa em práticas abomináveis, e se não fosse... Bem, a mente dele refreou qualquer pensamento depois daquele ponto. Lois se ajoelhou e fez a Oração do Senhor, fazendo uma pequena pausa antes de uma frase, que, em seu coração, ela tivesse a certeza de perdoar. Então, ela olhou para o tornozelo, e as lágrimas começaram a escorrer de novo, mas não tanto por causa da dor, mas por saber que eles deviam odiá-la tanto para tratá-la daquele jeito. Então ela se deitou e dormiu.

No dia seguinte, foi levada até a presença do sr. Hathorn e do sr. Curwin, os juízes de Salem, para ser acusada de bruxaria, legal e publicamente. Havia outras junto com ela, recebendo a mesma acusação. E, quando as prisioneiras entraram, uma multidão horrível começou a xingá-las. As duas garotas da família Tappau, Prudence e mais uma ou duas garotas da mesma idade estavam lá, como vítima das acusadas de bruxaria. As prisioneiras foram colocadas a uns sete ou oito metros dos juízes; e as acusadoras, entre os juízes e elas. As primeiras foram ordenadas a ficar de pé diante dos juízes. Lois fez tudo que lhe foi ordenado, com o toque de docilidade curiosa de uma criança, mas não com a esperança de amolecer a expressão dura e pétrea de ódio que aparecia no rosto de todos à sua volta, fora os que estavam com o rosto distorcido por uma raiva ainda mais passional. Então, um oficial foi convidado a segurar cada uma de suas mãos, e o juiz Hathorn ordenou que ela mantivesse os olhos continuamente fixos nele, pois eles acreditavam, embora não tivessem lhe dito, que, se ela olhasse para Prudence, a menina poderia ter um ataque ou gritar por causa de alguma dor repentina ou violenta.

Se algum coração pudesse ter sido tocado naquela multidão cruel, eles com certeza sentiram um pouco de compaixão pelo rosto jovem da inglesa, tentando obedecer docemente a todas as ordens recebidas. O rosto dela estava pálido, mas cheio de bondade triste; os olhos cinzentos estavam dilatados pela solenidade da posição, fixos com a expressão inocente de moça no rosto do juiz Hathorn. E assim eles ficaram por um minuto de silêncio, sem respirar. E pediram a elas que rezassem a Oração do Senhor. Lois fez isso como se estivesse sozinha na cela, mas, exatamente como acontecera na noite anterior, ela fez uma pequena pausa antes da parte de perdoar e ser perdoada. E aquele instante de hesitação, como se esperassem por aquilo, foi o suficiente para que todos começassem a gritar que ela era uma bruxa e, quando o clamor se acalmou, os juízes chamaram Prudence Hickson.

Foi quando Lois se virou um pouco de lado, desejando ver pelo menos um rosto conhecido, mas, assim que seus olhos pousaram em Prudence, a garota se levantou e ficou imóvel, sem responder a nenhuma pergunta nem dizer qualquer palavra, e os juízes declararam que ela tinha sido atingida por alguma bruxaria. Então, alguém atrás de Prudence a pegou e a obrigou a tocar Lois, possivelmente achando que aquilo seria a cura do feitiço. Mas Prudence mal tinha sido obrigada a dar três passos quando começou a se contorcer e caiu no chão, em convulsão, como um ataque, dando gritos e pedindo a Lois que a ajudasse e a salvasse do próprio tormento. Então, todas as garotas começaram a "cair como suínos" (para usar a descrição de uma testemunha ocular) e a gritar por Lois e as outras prisioneiras. Essas últimas receberam ordens, então, de se levantar e estender os braços, imaginando que, se o corpo das bruxas estivesse colocado como uma cruz, elas perderiam os poderes. Pouco a pouco, Lois sentiu as forças começarem a se esvair, devido ao esforço incomum de manter tal posição, a qual suportou com paciência até que a dor e o cansaço fizeram lágrimas escorrerem dos olhos e o suor brotar no rosto; foi quando perguntou, em voz baixa e melancólica, se não poderia descansar a cabeça por alguns momentos contra a divisória de madeira. O juiz Hathorn, porém, disse que, se ela tinha força suficiente para atormentar os outros, deveria ter força suficiente para se manter de pé. Lois deu um suspiro e se manteve firme, enquanto o clamor contra ela e as outras acusadas aumentava a cada momento que passava; a única maneira de evitar perder completamente a consciência era distraindo-se da dor e do perigo presentes e dizendo a si mesma versos dos Salmos que expressavam sua confiança em Deus, conforme se lembrava deles.

Depois de um tempo, ordenaram que fosse levada de volta à prisão e, de forma indistinta, entendeu que ela e as outras tinham sido condenadas à forca por bruxaria. Muita gente agora olhava ansiosamente para Lois, para ver se ela choraria diante daquele destino. Se ela tivesse forças para chorar, aquilo talvez, apenas talvez, fosse considerado uma declaração em seu favor, pois bruxas não conseguiam derramar lágrimas, mas ela estava exausta demais e morta. Tudo que queria era se deitar novamente no catre da prisão, fora do alcance do grito de repulsa dos homens e bem longe dos olhos cruéis. Então, eles a levaram de volta à cela, sem que ela derramasse uma lágrima ou dissesse palavra.

Mas o descanso lhe devolveu as forças de pensamento e sofrimento. Era realmente verdade que ia morrer? Ela, Lois Barclay, de apenas dezoito anos, tão saudável, tão jovem, tão cheia de amor e esperança como sempre fora, exceto por aqueles últimos dias! O que pensariam sobre isso na cidade dela, na cidade natal e querida de Barford, na Inglaterra? Lá eles a amavam, lá ela saía cantando e se alegrando durante o dia, nos prados agradáveis perto do rio Avon. Ah, por que os pais tiveram de morrer, deixando-a sozinha para encontrar um lar naquela costa cruel da Nova Inglaterra, onde ninguém jamais a quisera, ninguém jamais se importara com ela e onde agora a haviam condenado a uma morte vergonhosa como uma bruxa? E não havia ninguém a quem enviar mensagens gentis para aqueles que ela nunca voltaria a ver. Nunca mais! O jovem Hugh Lucy devia estar vivendo uma vida feliz, e provavelmente pensando nela e na sua intenção declarada de vir buscá-la para levá-la de volta para casa como sua esposa naquela primavera. Talvez ele a tivesse esquecido, ninguém sabia. Uma semana antes, seria tomada de indignação diante da própria desconfiança, por pensar por um minuto sequer que ele poderia esquecê-la. Agora, ela duvidava da bondade de todos os homens, pois todos aqueles em volta dela eram mortais cruéis e implacáveis.

Então, ela se virou e socou o próprio rosto com força (falando em imagens) por ter duvidado do seu amado. Ah, se ela estivesse junto dele! Ah, se apenas pudesse estar com ele! Ele não permitiria que morresse, mas a esconderia com ele do ódio daquele povo e a levaria de volta para casa, em Barford. Ele talvez até já estivesse navegando, naquele instante, pelo mar azul, a cada momento chegando cada vez mais perto, mas mesmo assim tarde demais, no fim das contas.

E os pensamentos continuaram a persegui-la, um atrás do outro, durante aquela noite febril, até que ela se agarrasse de forma quase delirante à vida, e começasse a rezar alucinadamente para que não morresse, pelo menos não agora, quando ainda era tão jovem!

Pastor Tappau e outros presbíteros a arrancaram do sono pesado no fim da manhã seguinte. Durante toda a noite, ela tinha tremido e chorado, até que a luz da manhã entrasse pela janelinha quadrada e gradeada acima. Aquilo a acalmara e ela adormeceu, só para ser despertada pelo pastor Tappau.

— Levante-se — ordenou ele, sem tocá-la por causa da superstição nos poderes malignos dela. — Já é meio-dia.

— Onde estou? — perguntou ela, assustada com aquela forma incomum de ser acordada diante de rostos zangados, todos a olhando com ar de reprovação.

— Você está na cadeia de Salem, condenada por ser uma bruxa.

— Ah! Por um instante eu tinha me esquecido — disse ela, baixando a cabeça.

— Ela deve ter passado a noite inteira em uma cavalgada diabólica, sem dúvidas, e estava cansada e perplexa esta manhã — sussurrou uma voz, tão baixa que ele acreditou que ela não fosse capaz de ouvir, mas ela ergueu os olhos e o encarou com uma expressão muda de reprovação.

— Viemos aqui para fazê-la confessar seus grandes e múltiplos pecados — disse o pastor Tappau.

— Grandes e múltiplos pecados! — repetiu Lois para si, meneando a cabeça.

— Sim, o seu pecado de bruxaria. Se você confessar, haverá pelo menos um bálsamo em Gilead.

Um dos presbíteros, tomado de pena diante da expressão lívida e contraída da jovem, disse a ela que, caso se confessasse e se arrependesse e cumprisse a penitência, talvez a vida dela pudesse ser poupada.

Um brilho repentino apareceu nos olhos fundos e embotados. Ela poderia viver? Estaria a vida ao seu alcance? Pois ninguém sabia ao certo quando Hugh Lucy chegaria para levá-la embora para sempre de volta para a paz de um novo lar! Vida! Ah, então, ainda havia esperança, talvez ela ainda pudesse viver e não morrer. Ainda assim, a verdade saiu uma vez mais dos seus lábios sem que ela precisasse ordená-la a sair:

— Eu não sou bruxa — declarou.

Foi quando o pastor Tappau vendou seus olhos. Ela não resistiu, mas ficou tentando imaginar o que veria em seguida. Ela ouviu pessoas entrarem no calabouço e ouviu vozes sussurradas; então, suas mãos foram erguidas e ela tocou alguém próximo e, um instante depois, ouviu um barulho de luta, e a voz conhecida de Prudence, gritando em um dos ataques histéricos, berrando para ser levada para longe daquele lugar. Pareceu a Lois que algum dos seus juízes talvez tivesse duvidado da sua culpa e exigido mais um teste. Ela estava sentada na cama, pensando que aquilo tudo devia ser um sonho terrível, cercada de perigos e inimigos que ela já tinha visto. Aqueles no calabouço, e pela opressão do ar ela percebeu que eram muitos, continuavam conversando em voz baixa. Não tentou compreender os fragmentos de frases que chegavam à sua mente embotada, até que, de repente, uma ou duas palavras a fizeram compreender que estavam discutindo se deveriam chicoteá-la ou torturá-la para que confessasse e revelasse o feitiço que tinha usado e contra quem tinha usado para que pudessem ser dissolvidos. Sentiu um frio de medo na espinha, e suplicou aos gritos:

— Imploro aos senhores, em nome da misericórdia de Deus, que não usem esses terríveis meios. Eu posso dizer qualquer coisa, não, eu posso acusar qualquer um, se for sujeitada a tal tormento como já ouvi dizerem por aí. Pois eu não passo de uma moça jovem, e não tão corajosa nem tão boa quanto outras.

Tocou o coração de um ou dois vê-la de pé ali, com as lágrimas escorrendo pelo rosto embaixo do lenço que cobria firmemente os olhos dela, o tilintar das correntes pesadas que a prendiam pelos tornozelos; as mãos unidas em súplica, como se para controlar os movimentos convulsivos.

— Vejam! — disse um deles. — Ela está chorando. Dizem que bruxas não choram.

No entanto, outro refutou o teste e exortou o primeiro a lembrar-se de como os membros da família dela, os Hickson, eram testemunhas contra ela.

Uma vez mais, exortaram que ela confessasse. As acusações foram consideradas verdadeiras por todos os homens (como eles disseram), e eles a leram para ela, com todos os testemunhos e provas contra Lois. Disseram que, considerando a família devota à qual pertencia, tinha sido decidido pelos magistrados e pastores de Salem que a vida dela seria poupada, se ela confessasse a própria culpa, fizesse uma reparação e se submetesse à penitência; caso contrário, ela e as outras condenadas por bruxaria junto a ela seriam enforcadas na feira de Salem, na manhã da quinta-feira seguinte (quinta era o dia da feira). E, quando assim falaram, aguardaram em silêncio pela resposta. Passaram-se dois minutos ou menos antes que falasse. Ela tinha se sentado na cama, pois realmente estava fraca. Então pediu:

— Podem tirar esse lenço dos meus olhos, pois realmente está me machucando?

A ocasião que levara à colocação da venda tinha passado e, dessa forma, eles a tiraram e ela conseguiu ver. Lançou um olhar piedoso para os rostos sérios à sua volta, em um suspense sombrio em relação à resposta que daria. Por fim, ela disse:

— Senhores, prefiro escolher a morte com a consciência tranquila do que ter uma vida poupada por uma mentira. Pois não sou bruxa, pois não entendo o que querem dizer ao afirmar uma coisa dessas. Eu já cometi muitos erros na minha vida, mas acho que Deus há de me perdoar em nome do meu Salvador.

— Não ouse colocar o nome Dele nos seus lábios imundos — repreendeu o pastor Tappau, enraivecido diante da decisão dela de não confessar e mal controlando a vontade de esbofeteá-la.

Ela viu o desejo que ele sentiu e se encolheu de medo. Então o juiz Hathorn leu solenemente a pena de Lois Barclay à forca, como uma bruxa condenada. Ela murmurou algumas coisas que ninguém conseguiu ouvir direito, mas que parecia uma oração de piedade e compaixão naquela tenra idade e uma jovem sem amigos. Depois disso, eles a deixaram sozinha naquele calabouço horrível, tendo como companhia o terror da morte que se aproximava.

Do lado de fora das paredes da prisão, o ódio pelas bruxas e a exaltação contra a bruxaria cresciam com rapidez temerosa. Diversas mulheres, e diversos homens também, tinham sido acusadas, independentemente da classe social e a personalidade anterior. Por outro lado, dizem que mais de cinquenta pessoas foram gravemente afetadas pelo diabo e por aquelas a quem ele transmitiu seu poder por considerações vis e perversas. Agora quanta malícia pessoal, distinta e inconfundível se misturou entre tais acusações, ninguém sabe ao certo. As estatísticas dessa época revelam que cinquenta e cinco pessoas escaparam da morte ao confessar culpa; cento e cinquenta foram mantidas na prisão, mais de duzentas foram acusadas; e mais de vinte enfrentaram a morte, entre as quais o pastor a quem chamei de Nolan, que era uma pessoa tradicionalmente estimada que sofreu o ódio de seu colega e também pastor. Um velho que desprezou a acusação e recusou-se a defendê-lo no julgamento, e foi, de acordo com a lei, pressionado até a morte por sua teimosia. Não, até mesmo cachorros foram acusados de bruxaria e enfrentaram as penalidades legais, e tudo isso foi registrado entre os seres que sofreram a pena capital.

Um jovem encontrou meio de ajudar a mãe a escapar da prisão, fugiu com ela na garupa do cavalo e a escondeu em Blueberry Swamp, não muito longe de Taplay Brook, em Great Pasture; ele a escondeu em uma tenda indígena que construiu para ela como abrigo, levando comida, água e roupas, consolando-a e sustentando-a até que o delírio passasse. A pobre criatura, porém, deve ter sofrido horrores, porque um dos braços foi quebrado durante o esforço desesperado de tirá-la da prisão.

No entanto, não havia ninguém para salvar Lois. Grace Hickson teria preferido ignorá-la por completo, pois a mácula de bruxaria que ela deixou sobre a família inteira era tão grande, que acreditava que nem gerações de vida inocente seriam suficientes para lavá-la. Além disso, você há de se lembrar de que Grace, junto da maioria das pessoas daquela época, acreditava firmemente no pecado de bruxaria. A própria pobre e renegada Lois acreditava e aquilo pesava no terror que sentia, pois o carcereiro, em um humor incomumente comunicativo, contou a ela que todas as celas agora estavam cheias de bruxas e que talvez fosse necessário que ele colocasse uma com ela, caso chegasse gente. Lois sabia muito bem que ela não era bruxa; mas aquilo não significava que ela não acreditava que aquele crime existia e estava à solta e amplamente difundido por pessoas malignas que escolheram abrir mão da própria alma para Satanás; e ela começou a tremer, sentindo o mais puro pavor diante das palavras do carcereiro; e, caso fosse possível, teria rogado a ele para que a poupasse de tal companhia. No entanto, de alguma forma, a razão a estava deixando, e ela não conseguiu se lembrar das palavras para fazer o pedido até ele ter se afastado.

A única pessoa que sentiu falta de Lois, que teria sido um ombro amigo para ela caso pudesse, era Manasseh, o pobre rapaz. No entanto, a fala dele era tão alucinada e ultrajante que tudo o que a mãe podia fazer era mantê-lo longe do olhar público. Para esse propósito, começou a dar a ele um remédio para dormir, e, enquanto estava sob a influência do chá de papoula, a mãe amarrou o filho a uma cama antiga e forte, na qual ele dormia. Parecia de coração partido ao fazer aquilo, reconhecendo, daquela forma, a degradação do primogênito, de quem antes tivera tanto orgulho.

Mais tarde naquela noite, Grace Hickson apareceu na cela de Lois, usando um manto e um capuz. Lois estava sentada, mexendo em uma cordinha que um dos magistrados tinha deixado cair do bolso naquela manhã. A tia ficou diante dela por um instante ou dois em silêncio, antes que Lois parecesse notar a presença. De repente, ela ergueu o olhar e soltou um grito, encolhendo-se diante da figura obscura. Então, como se o grito soltasse a língua de Grace, ela começou:

— Lois Barclay, eu já lhe causei algum mal?

Grace não sabia como a falta de benevolência de sua parte tinha partido o coração sensível da estranha que recebera sob seu teto; nem Lois se lembrou daquilo naquele momento. Em vez disso, a lembrança de Lois estava repleta de sentimentos de gratidão, o que talvez tivesse sido deixado de lado por uma pessoa menos conscienciosa de tudo que a tia havia feito por ela. Lois meio que estendeu os braços como se tivesse encontrado uma amiga naquele lugar desolado, enquanto respondia:

— Ah, não, não. Você foi muito boa! Muito bondosa!

Mas Grace permaneceu imóvel.

— Nunca lhe fiz mal, embora nunca tenha entendido bem por que você nos procurou.

— Foi minha mãe que me mandou, foi seu pedido no leito de morte. — Lois cobriu o rosto com as mãos.

O céu escurecia a dado instante. A tia continuava de pé e em silêncio.

— E algum dos meus lhe fez algum mal? — perguntou ela, depois de um tempo.

— Não, nunca. Nunca, até Prudence dizer… Ah, tia, você acha que sou uma bruxa?

E agora, Lois estava de pé, segurando o manto de Grace, tentando ler alguma coisa no rosto da tia. Grace se afastou um pouco da garota, a quem odiava, mas a quem procurava perdoar.

— Pessoas mais sábias e devotas do que eu, assim o disseram. Mas, ah, Lois, Lois! Ele é o meu primogênito. Liberte-o do demônio, por amor por Aquele cujo nome não ouso dizer neste edifício terrível, cheio de pessoas que renunciaram às esperanças do próprio batismo. Liberte Manasseh desse estado terrível, se eu ou os meus lhe fizeram algum bem.

— Pois me roga em nome de Cristo — disse Lois. — Eu posso dizer o nome sagrado… pois, tia, minha tia, por tudo que há de mais sagrado, não sou uma bruxa! No entanto, aqui estou pra ser morta… enforcada! Tia, não deixe que me matem! Eu sou tão jovem e nunca fiz mal a ninguém.

— Silêncio! Que vergonha. Nesta tarde, fui obrigada a amarrar o meu primogênito na cama com cordas bem fortes para impedir que fizesse mal a si mesmo ou a alguma de nós, pois ele está muito agitado. Lois Barclay, olhe aqui. — E Grace se ajoelhou aos pés da sobrinha, como se estivesse em oração. — Sou uma mulher orgulhosa, que Deus me perdoe! E jamais imaginei ter de me ajoelhar diante de ninguém para salvá-lo. E estou aqui, agora, ajoelhada diante de você, orando para que liberte os meus filhos, principalmente Manasseh, dos encantos que lançou sobre eles. Lois, ouça minhas súplicas, e rezarei ao Todo-Poderoso por você, pois ainda pode haver alguma misericórdia.

— Não há nada que eu possa fazer, pois nunca fiz nada contra você nem os seus. Como posso desfazer algo que não fiz? — E ela começou a retorcer as mãos, com tal intensidade que demonstrava a convicção de que não havia nada que ela pudesse fazer.

Ao ouvir isso, Grace se levantou devagar e olhou com seriedade e rigor para a garota acorrentada, mantendo-se no canto mais afastado da cela, perto da porta, pronta para sair assim que amaldiçoasse a bruxa, que não podia ou não queria desfazer o mal que tinha trazido. Grace ergueu a mão direita bem no alto, enquanto desejava que Lois fosse amaldiçoada para todo o sempre, pelo pecado mortal que cometera, e que lhe faltasse misericórdia, até mesmo nos últimos momentos de vida. E, por fim, ela a convocou para sentar-se com ela no julgamento final, para responder por tal crime mortal, praticado contra duas almas de dois corpos que a tinha recebido e acolhido quando ela chegara a eles como órfã e estranha.

Ao ouvir aquela última convocação, Lois se levantou como alguém que ouve uma sentença e nada pode dizer a respeito, pois sabia que tudo seria em vão. Mas ela ergueu a cabeça quando ouviu a tia falar do julgamento final e, no fim do discurso de Grace, ela também levantou a mão direita com solenidade e respondeu:

— Tia! Hei de encontrá-la lá. E lá, você vai ver que sou inocente desse crime mortal do qual me acusam. Deus tenha piedade de você e dos seus!

A voz calma tirou Grace do sério e, agachando-se, ela pegou o pó que cobria o chão e o atirou no rosto de Lois, gritando:

— Bruxa! Bruxa! Peça misericórdia para você. Não preciso das suas orações. Orações de bruxas são lidas ao contrário. Cuspo em você e a desprezo.

E, com isso, ela foi embora.

Lois chorou aquela noite inteira.

— Que Deus me conforte! Que Deus me dê forças!

Era tudo o que ela conseguia se lembrar de dizer. Só conseguia sentir aquela carência e nada mais, todos os outros temores e vontades pareciam mortos dentro dela. E, quando o carcereiro trouxe o desjejum na manhã seguinte, ele relatou que ela tinha "ficado abobada", pois, realmente, pareceu não o reconhecer e só ficava se balançando para a frente e para trás, sussurrando baixinho e dando sorrisinhos de vez em quando.

Mas Deus a reconfortou e lhe deu forças. Na tarde de quarta-feira, enfiaram outra "bruxa" na cela, ordenando às duas, com palavras ofensivas, que se mantivessem juntas. A recém-chegada caiu prostrada no chão com o empurrão que levara; e Lois, não reconhecendo nada além de uma velha esfarrapada, caída e desamparada, ajudou-a a se levantar, e qual não foi sua surpresa ao ver que era Nattee, suja, imunda de fato, coberta de lama, machucada por pedradas, espancada e totalmente fora de si com o tratamento que recebera da multidão do lado de fora. Lois a segurou nos braços e limpou o rosto velho e enrugado em seu avental, chorando com aquilo, como não tinha chorado as próprias tristezas. Por horas, cuidou da velha indígena, tratando dos machucados. Enquanto os sentidos da criatura selvagem voltavam aos poucos, Lois reuniu seu infinito pavor em relação ao dia seguinte, quando a indígena, assim como Lois, também seria levada para morrer, diante de toda aquela multidão enfurecida. Lois buscou na própria mente por algum tipo de consolo para a velha, que tremia dos pés à cabeça de medo da morte, e que morte!

Quando tudo ficou em silêncio na prisão, tarde da noite, o carcereiro do lado de fora da porta ouviu Lois contar, como se fosse para uma criança, uma história maravilhosa e triste sobre o Homem que morrera na cruz para nos salvar. Enquanto ela falava, o terror da velha indígena pareceu se calmar; mas, no instante em que parava devido ao cansaço, Nattee começava a gritar, como se uma fera selvagem a estivesse perseguindo pelas "densas florestas", onde ela vivera quando criança. E, então, Lois continuava dizendo todas as bênçãos de que conseguia se lembrar, dando conforto à indígena desesperada com um senso da presença de um amigo nos céus. E, ao consolar a outra mulher, Lois se consolava também; ao fortalecer a outra, também se fortalecia.

A manhã fatídica chegou, e com ela as convocações para a morte. Os que entraram na cela, encontraram Lois adormecida, o rosto descansado contra o da velha mulher, cuja cabeça ainda descansava no colo da mais jovem. Pareceu não reconhecer onde estava ao acordar; a expressão "abobada" tinha voltado ao rosto pálido; tudo que parecia saber, de um jeito ou de outro, por um perigo ou outro, que ela precisava proteger a velha indígena. Ela deu um sorriso fraco ao ver a luz clara daquele dia de abril, e envolveu Nattee nos braços, tentando mantê-la calma, sussurrando palavras de tranquilidade de significado entrecortado, e fragmentos sagrados dos salmos. Nattee se agarrou a Lois, enquanto se aproximavam da forca, e a multidão enfurecida começou a gritar e a berrar. Lois redobrou os esforços para acalmar e encorajar Nattee, parecendo inconsciente de que todos aqueles xingamentos, vaias, pedras e lama eram dirigidos a ela também. Quando, porém, tiraram Nattee dos seus braços e a levaram para morrer primeiro, pareceu que Lois recuperou totalmente os sentidos do presente terror. Ela olhou em volta, assustada e estendeu os braços, como se houvesse alguém na distância que ela ainda não conseguia ver, e, então, gritou uma vez com tal voz que agitou a todos que a ouviram:

— Mãe!

Logo depois disso, o corpo ficou dependurado no ar, e todos ficaram parados e com a respiração suspensa, como se, de repente, tivessem parado para pensar, temendo que um crime mortal tivesse acabado de cair sobre eles.

A paz e o silêncio foram quebrados por um homem louco e ensandecido que subiu correndo os degraus e pegou o corpo de Lois nos braços e beijou os lábios dela com paixão selvagem. E, então, como se fosse verdade o que as pessoas acreditavam, que ele estava possuído por um demônio, ele saltou e correu no meio da multidão e seguiu correndo para fora dos limites da cidade e para a floresta densa e escura; e assim Manasseh Hickson nunca mais foi visto por nenhum cristão.

O povo de Salem já tinha acordado do delírio assustador antes do outono, quando o capitão Holdernesse e Hugh Lucy chegaram para procurar Lois e levá-la de volta para a pacífica Barford, seu verdadeiro lar e uma região agradável da Inglaterra. Em vez disso, foram levados para um túmulo coberto de mato onde o corpo fora colocado para descansar, condenado à morte pelo erro dos homens. Hugh Lucy limpou os sapatos ao deixar Salem, com o coração pesado, e viveu como solteiro por toda a vida por causa dela.

Muitos anos depois, o capitão Holdernesse o procurou para contar a ele o que achava que talvez pudesse interessar o sério moleiro da região de Avon. Capitão Holdernesse contou a ele que, no ano anterior, em 1713, ordenou-se que a sentença de excomunhão contra as bruxas de Salem, em piedosa reunião sacramental da igreja, fosse apagada, e que aqueles que se reuniram para tal propósito "humildemente pedissem ao Deus misericordioso que os perdoasse de qualquer pecado, erro ou engano na aplicação da justiça, por meio de nosso misericordioso Sumo Sacerdote, que sabe ter compaixão dos ignorantes e dos que se desviam do caminho". Também revelou que Prudence Hickson, agora mulher feita, fizera uma declaração pungente e emocionada de tristeza e arrependimento diante de toda a igreja por ter prestado falso testemunho em vários casos, entre os quais, ela mencionara, em particular, o da prima Lois Barclay. Ao que Hugh Lucy apenas respondeu:

— Nenhum arrependimento por parte deles a trará de volta à vida.

O capitão Holdernesse, então, pegou um papel e leu a seguinte declaração humilde e solene de arrependimento dos signatários, dentre os quais constava o nome de Grace Hickson:

— "Nós, cujos nomes estão subscritos ao final deste documento, tendo sido, no ano de 1692, chamados para servir de jurados no tribunal de Salem, no julgamento de muitos suspeitos de realizar atos de bruxaria contra diversas pessoas, confessamos que nós mesmos não fomos capazes de compreender, nem de resistir aos delírios misteriosos do poder da escuridão, e do príncipe do ar, mas, por falta de conhecimento de nossa parte e melhores informações dos outros, acabamos acatando as evidências contra os acusados, sem mais considerações ou busca de informações adicionais, pois 'por boca de duas ou três testemunhas, será morto o que houver de morrer; por boca de uma só testemunha, não morrerá' (Deut. 17:6);

desse modo, sentimos que fomos instrumentais com outros, mesmo que por ignorância e desconhecimento, para trazer sobre nós e esse povo de Deus a culpa do sangue inocente derramado; um pecado, que o próprio Senhor disse nas Escrituras que não perdoaria (2 Reis 24:4), que é exatamente o que acreditamos ter acontecido em relação àqueles julgamentos. Anunciamos, então, para todos em geral (e para os sobreviventes em particular) nossos mais profundos sentimentos de tristeza por nossos erros ao agir sobre tais evidências para condenar qualquer pessoa. E declaramos, por meio deste documento, que tememos termos sido tristemente iludidos e enganados, pelo que estamos muito inquietos e angustiados em nossas mentes, e, portanto, humildemente imploramos perdão, primeiro a Deus, em nome do Nosso Senhor Jesus Cristo, por este nosso erro; e oramos para que Deus não nos inflija a culpa disso em nós nem em outros; e também rezamos para que os sofredores vivos possam nos considerar sincera e corretamente como estando, à época, sob o poder de forte e geral delírio, totalmente desconhecedores e sem experiência em assuntos de tal natureza.

"Rogamos perdão de todo coração, para todos a quem ofendemos, e declaramos para todo o mundo, de acordo com nosso estado mental atual, que nenhum de nós faz, nem fará novamente, tais coisas com base no que nos foi apresentado; oramos para que aceitem isso como forma de satisfazer nossa ofensa, e que vocês possam abençoar a herança do Senhor que pode ser rogado pela terra.

"Representante dos jurados, THOMAS FISK, C."

Ao ler tal documento, Hugh Lucy não deu resposta além da anterior, mas dessa vez em tom ainda mais sombrio do que antes:

— Nenhum arrependimento por parte deles adiantará de alguma coisa para a minha Lois, nem a trará de volta à vida.

Então o capitão Holdernesse voltou a falar, dizendo que, no dia do jejum geral, apontado a ser feito por toda a Nova Inglaterra, quando as casas de reunião estivessem lotadas, um ancião, de cabelo branco, se levantou do lugar no qual costumava louvar o Senhor e subiu ao púlpito com uma confissão por escrito, que ele tinha redigido uma ou duas vezes para ler para si mesmo, reconhecendo seus graves e tristes erros na questão das bruxas de Salem, e orando pelo perdão do Senhor e do Seu povo, terminando com uma súplica de que todos os presentes se juntassem a ele em uma oração para que as condutas dele no passado não fizessem o Todo-Poderoso derramar seu desprazer sobre seu país, sua família e ele mesmo. Aquele ancião, que era ninguém menos do que Sewall, continuou de pé enquanto sua confissão era lida e, ao final, ele disse:

— Que o bom e gracioso Deus esteja feliz e salve a Nova Inglaterra, a mim e a minha família.

Depois disso, veio a público que, por anos, o juiz Sewall tinha separado um dia para humilhações e orações, para manter aceso em sua mente um senso de penitência e tristeza pela parte que ele representara naqueles julgamentos, e que aquele solene aniversário ele manteria por tanto tempo enquanto vivesse para demonstrar seu sentimento de profunda humilhação.

A voz de Hugh Lucy tremeu quando voltou a dizer:

— Nada disso trará minha Lois de volta à vida nem vai devolver a esperança da minha juventude.

No entanto, enquanto o capitão Holdernesse meneava a cabeça (pois o que mais ele poderia dizer ou como refutar aquilo que era evidente verdade?), Hugh perguntou:

— Sabe em que dia essa justiça foi feita?

— Foi no dia 29 de abril.

— Então, neste dia, eu também irei, aqui em Barford, Inglaterra, unir-me em oração, por quanto tempo eu viver, com o juiz penitente, para que o pecado dele seja apagado e não mais lembrado. Pois é o que ela teria desejado.

Elizabeth Gaskell

Por Laura Brand

Elizabeth Gaskell é, até hoje, uma referência para os estudos literários ingleses. Soube transformar a realidade em inspiração para histórias que continuam servindo de objeto de estudo de acadêmicos e entusiastas. Autora de algumas das obras vitorianas mais famosas, uma mulher à frente de seu tempo e uma pessoa extremamente privada, Gaskell foi muitas em uma.

Elizabeth Cleghorn Stevenson nasceu em 29 de setembro de 1810. Filha de um ministro unitarista, perdeu a mãe muito cedo e foi criada por parentes próximos. Além de uma prolífica escritora, Elizabeth Gaskell também desempenhou o papel que se esperava das mulheres de sua época: foi esposa de um clérigo e mãe de quatro filhas. Casou-se com William Gaskell em 1832, também ministro unitarista, com quem dividia ideais e crenças a respeito da realidade da época.

É difícil ter certezas sobre sua vida privada, seus anseios e angústias; Elizabeth Gaskell foi uma mulher que prezava por sua privacidade. Até mesmo nas cartas que escreveu, procurava manter o mínimo de detalhes a respeito de sua vida pessoal e pouco se sabe sobre a maneira como lidou com conflitos familiares e questões do tipo.

Segundo Deirdre d'Albertis, especialista em estudos vitorianos, teoria feminista, literatura inglesa dos séculos XIX e XX e Reitora da Bard College, "como cronista de sua própria vida, Gaskell praticou a autocensura em um grau surpreendente". A autora chegou a exigir que seus correspondentes queimassem suas cartas e registros. Esse silêncio a respeito da própria vida deixou margem para que críticos, leitores e entusiastas buscassem em suas histórias e personagens ecos de sua vida.

Segundo Jill L. Matus, autora de *The Cambridge Companion to Elizabeth Gaskell*, "nutrida pelo rico contexto social e religioso do Unitarismo do século XIX,

Gaskell tem uma mente tipicamente aberta em resposta à transformação e à mudança social. Isso é evidente em sua ficção inicial no tratamento dos problemas da vida da classe trabalhadora e da prostituição, bem como na representação magistral de seu último romance da vida provinciana no contexto de mudanças nas estruturas sociais e nas relações de gênero e classe."

Gaskell publicou mais de quarenta obras, incluindo romances, novelas, contos, ensaios e relatos de viagem. Algumas de suas obras de ficção mais curtas foram publicadas em revistas literárias da época, incluindo *Household Words* e *All the Year Round*. *Cranford*, *Norte e Sul* (publicado pela Editora Wish) e *Mary Barton* estão entre seus romances mais celebrados. Ao escrever a biografia de *Charlotte Brontë*, Gaskell abriu as portas para o fortalecimento de outros gêneros literários. Sua biografia de Charlotte é considerada por alguns críticos como a mais importante de uma escritora do século XIX.

Elizabeth Gaskell foi uma mulher que tinha opiniões sobre o mercado e a sociedade. Nancy Henry, no capítulo que escreveu para The Cambridge Companion to Elizabeth Gaskell, sugere que "Gaskell estava ciente de como a ficção pode desempenhar um papel importante nas transformações de uma sociedade. Não só poderia memorializar o passado, mas também interpretar as razões e os efeitos da mudança e iniciar novas mudanças, chamando a atenção para os problemas sociais e atraindo simpatia para aqueles cujas vidas estão além da experiência da maioria dos leitores."

Deirdre d'Albertis exalta as controvérsias que Gaskell provocou. Segundo a professora, em seu texto *A vida e as letras de E.C. Gaskell*, "nós sabemos que a "Mrs. Gaskell" ofendeu, até mesmo indignou, os críticos com não uma, mas várias obras de ficção politicamente engajadas". Algumas cópias de Ruth, romance escrito em 1853, chegaram a ser queimadas por paroquianos por conta da suposta imoralidade do retrato simpático de Gaskell de uma "mulher caída".

Apesar de ter sido considerada socialmente conservadora por muito tempo, em meados do século XX, quando a crítica feminista se volta para textos de autoras do passado, seus trabalhos começaram a ser reinterpretados e Gaskell ganhou mais destaque pelas críticas sutis que trazia em suas histórias e por seu posicionamento enquanto era viva.

As críticas anteriores ao seu trabalho começaram a ser revisitadas e contestadas, dando um fôlego novo aos seus livros. Segundo Jill L. Matus, "o status canônico de Gaskell hoje é uma restauração, e não uma continuidade de sua reputação em sua própria época".

Elizabeth Gaskell morreu aos 55 anos por causa de um repentino ataque cardíaco, mas sua vida continua objeto de curiosidade e fascínio. Suas histórias vivem imortais e, hoje, talvez mais do que nunca, existe espaço para que grandes autoras como a própria Gaskell sejam relembradas e suas obras estudadas e lidas por novos públicos.

LOIS, A BRUXA

Da mesma autora:
Conheça **Norte e Sul**, um clássico
romance social que inspirou a série da BBC

Este livro foi impresso na fonte
Cardo pela gráfica Ipsis.

Os papéis utilizados nesta edição
provêm de origens renováveis.
Nossas florestas também merecem proteção.

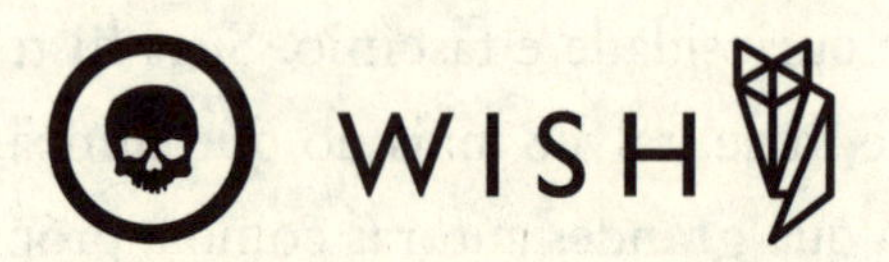

PUBLICAMOS TESOUROS LITERÁRIOS PARA VOCÊ

editorawish.com.br